Melhores Contos

NÉLIDA PIÑON

CB034936

Direção de Edla van Steen

Melhores Contos

NÉLIDA PIÑON

Seleção e prefácio de
Miguel Sanches Neto

São Paulo
2022

global
editora

© **Nélida Piñon 1966, 1973, 1980**
2ª Edição, Global Editora, São Paulo 2022

Jefferson L. Alves — diretor editorial
Gustavo Henrique Tuna — gerente editorial
Flávio Samuel — gerente de produção
Juliana Campoi — coordenadora editorial
Júlia Nejelschi — assistente editorial
Luciana Chagas e Elisa Andrade Buzzo – revisão
Eduardo Okuno — projeto gráfico
A.PAES/Shutterstock — foto de capa
Valmir S. Santos — diagramação

Dados Internacionais de Catalogação na Publicação (CIP)
(Câmara Brasileira do Livro, SP, Brasil)

Piñon, Nélida
    Melhores contos Nélida Piñon / organização Miguel Sanches Neto.
– 2. ed. – São Paulo : Global Editora, 2022. – (Melhores contos)

    ISBN 978-65-5612-176-5

    1. Contos brasileiros. I. Sanches Neto, Miguel.
II. Título. III. Série.

21-81185   CDD-B869.3

1. Contos : Literatura brasileira B869.3

Cibele Maria Dias - Bibliotecária - CRB-8/9427

Obra atualizada conforme o
NOVO ACORDO ORTOGRÁFICO DA LÍNGUA PORTUGUESA

Global Editora e Distribuidora Ltda.
Rua Pirapitingui, 111 — Liberdade
CEP 01508-020 — São Paulo — SP
Tel.: (11) 3277-7999
e-mail: global@globaleditora.com.br

 globaleditora.com.br    @globaleditora

 /globaleditora    @globaleditora

 /globaleditora    /globaleditora

 blog.grupoeditorialglobal.com.br

Nº de Catálogo: **1616.POC**

Miguel Sanches Neto nasceu em 1965 em Bela Vista do Paraíso – Norte do Paraná. Em 1969, mudou-se para Peabiru, onde passou a infância. Autor, entre outros livros, dos romances *Chove sobre minha infância*, *Um amor anarquista*, *A primeira mulher*, *Chá das cinco com o vampiro* e *A máquina de madeira*, é doutor em Teoria Literária pela Unicamp. Em 2018 assumiu o cargo de reitor na Universidade Estadual de Ponta Grossa.

SUMÁRIO

O calor das coisas

CONTOS ATEMPORAIS

1.

Uma das principais linhas de força da literatura ocidental moderna tem sido a busca por um estilo da oralidade, com o intuito de transferir para os domínios da arte linguagens de grupos sociais periféricos, combatendo dessa forma um conceito consagrado de Literatura. Em seu ensaio *O grau zero da escritura*, Roland Barthes analisa este projeto e suas angústias, mostrando como se deu a naturalização do código literário, tomado por um desafio ético de se fazer próximo dos seres subalternos: "uma parte inteira da Literatura moderna é atravessada por farrapos mais ou menos precisos deste sonho: uma linguagem literária que alcançasse a naturalidade das linguagens sociais".[1] No Brasil, a produção de Lima Barreto pode ser identificada como o grande marco desta postura, pois ali, em seus livros formalmente distendidos, há um desejo de que os personagens mulatos, negros e pobres se confundam com uma linguagem usada como forma de identificá-los. E boa parte do Modernismo brasileiro vai tomar esta direção, legando um conjunto de livros em que as identidades dos personagens se manifestam no uso de uma língua em estado de oralidade.

Assim, há no Brasil moderno um predomínio de narrativas realistas em uma linguagem realista, ampliando uma tradição que vem do século XIX, passa pelo Modernismo, fortalecendo-se no período da Ditadura Militar, para se manifestar atualmente numa produção nascida entre os grupos sociais menos favorecidos, em um novo Naturalismo, que poderíamos definir de dentro para fora, do interior de camadas até então excluídas do uso da palavra com intenções de arte.

Esta matriz literária encontrou sempre reações críticas. Talvez o grande marco de negação deste triplo realismo (temático, estrutural e linguístico)

---

[1] BARTHES, Roland. *O grau zero da escritura*. 9. ed. São Paulo: Cultrix, 1993, p. 163.

sejam as produções de vanguarda dos anos de 1950 e 1960, que buscam uma forma de expressão inventiva, sem a obrigação de espelhar falares sociais, ao mesmo tempo em que os exploram literariamente. Para esta geração que, entre os ficcionistas, congrega escritores como Guimarães Rosa e Clarice Lispector, escrever é sempre deformar a língua rumo a uma maneira particular de se colocar diante do mundo. A voz do escritor, suas obsessões criativas e seus conceitos sobre a literatura se impõem aos personagens. Nas concepções realistas, os personagens tendem a ser maiores do que o autor. Nesta retomada literária, o autor é maior do que os personagens, o que faz com que a identidade de tom e de léxico da narrativa nos envie mais aos autores do que aos seus seres de ficção.

Estreando nesta geração de escritores cujas obras são marcadas por aquilo que Michel Foucault definiu como "função autor", ou seja, com uma identidade de texto que revela a personalidade de quem o escreveu, Nélida Piñon restaura uma ideia de literatura, de língua literária, vinculada à tradição e ao mesmo tempo extremamente pessoal.

Produzindo contos desde 1959, ela vai publicar a primeira coletânea deles em 1966, quando já havia demarcado um território próprio na literatura brasileira, com os romances *Guia-mapa de Gabriel Arcanjo* (1961) e *Madeira feita cruz* (1963). A sua prática do conto está, portanto, integrada a um estilo ficcional daquele período em que um grupo de escritores buscava novas formas de narrar. Sua segunda coletânea virá só em 1973 (*Sala de armas*), fortalecendo as particularidades de um discurso literário que distinguiu Nélida da literatura mais jornalística e alegórica de uma idade literária tomada pela profusão de contistas. Nélida não fazia concessão ao fácil, construindo narrativas em que a linguagem densa busca dar conta da complexidade de alma de seus personagens. Nestes dois livros, a linguagem se afasta da fala, ganhando um tom solene, formalmente requintado. O texto quer marcar uma separação clara entre o uso da linguagem como mera comunicação e o seu uso como objeto de representação das crispações interiores. Dentro de uma orientação dupla, é um idioma universal (a língua herdada da literatura atemporal) e muito bem localizado, embora de forma indireta, pois é brasileiro não pelo léxico mas pela profusão barroca, pela exuberância tropical com que se manifesta.

Seu terceiro e último livro de contos, *O calor das coisas* (1980), propõe uma linguagem mais coloquial, há a entrada de topônimos locais, o que não aparecera nos outros dois, revelando uma autora atenta à importância de nomear para vincular suas histórias a seres sob uma ditadura. A linguagem mais libertária, alguns termos mais populares, as referências diretas à sexualidade, antes encoberta pelo véu das metáforas, tudo isso dá um tom de urgência para as narrativas deste período. Não chega, porém, a haver uma ruptura com as coletâneas anteriores, pois são as mesmas tensões de trajetória e de linguagem, embora haja uma nítida mudança na voz poderosa da escritora, que se aproxima de um estado de linguagem mais político.

Nas três obras, no entanto, um mesmo impulso criativo. Nélida não conta história, não resume trajetórias, não se rende ao anedótico, ela cria seres que são o seu próprio discurso. Alguns contos desses livros são cartas ou monólogos de personagens que se representam como linguagem. É no discurso que se encenam os dramas de seus personagens. Mais do que ler estas narrativas, é preciso se deixar embalar por um fluxo narrativo cuja função não é nos esclarecer sobre o que se passa, mas nos cooptar para que sintamos aquilo que está atingindo quem enuncia a história. Este projeto antirrealista orienta a escrita da autora, mesmo quando ela se aproxima de questões políticas contemporâneas.

2.

Dentre as constantes de seus contos, o que mais sobressai talvez seja a natureza feminina das vozes narrativas. Há contos numa primeira pessoa masculina, mas mesmo nesses casos encontramos a força de um olhar feminino que modaliza o discurso do outro. Quem assume a tarefa de dizer pode ser o homem, mas o que está pressuposto nisto que é dito é o drama da condição feminina, as suas grandezas e desesperos, a sua busca por uma forma de ser menos histórica (repleta de feitos) e mais anímica. A maneira de dizer, mesmo nestes narradores homens, é uma maneira feminina, traduzindo assim uma inversão estratégica do papel social colonizador do macho. A sensação que se tem, em todos os seus contos, é a de que quem fala, muitas vezes contra o próprio protocolo do texto, é sempre a mulher.

Em oposição a alguns comportamentos identificados como masculinos (racionalismo narrativo, controle burocrático da história, senso de proporção e contenção enganosa, que pretende esconder as dilacerações psicológicas), Nélida Piñon constrói narrativas torrenciais, movidas pela energia poderosa das paixões em estado de tumulto, em que os sentimentos não podem ser controlados, transbordando em sequências de metáforas.

O uso sucessivo deste recurso faz com que a história não se revele de forma fácil, exigindo do leitor um estado de entrega ao drama vivido por quem narra. Este leitor pressuposto em seus contos é um leitor que renuncia ao distanciamento, que se deixa contagiar pelo relato, acompanhando-o. Esta forma narrativa produz um efeito extremamente transformador. Os leitores experimentam, por meio da ficção, a vida sob a pele dos personagens, passando por uma experiência de alteridade. É preciso ser para saber. Neste outro papel, tomados pela voragem das palavras que nos desestabilizam, participamos da natureza feminina, tão forte no tom narrativo de Nélida.

Poderia ser ainda definido como feminino o espaço mais comum em seus contos. Este espaço, nos dois primeiros livros, é mais universal, tendo sido herdado de uma tradição ibérica, dos ancestrais galegos da autora. Temos ali a aldeia, onde a mulher vive de afazeres domésticos e rurais, como se sua vida estivesse presa a este tempo perdido. A aldeia é o útero onde estas mulheres, frágeis e fortes ao mesmo tempo, ocupam funções milenares, ligadas à manutenção da existência. A mulher permanece em casa, explora os seus recônditos, cumpre as tarefas, produz e prepara o alimento, enfrenta a solidão e nunca deixa de esperar. Enquanto ela permanece em seu solo natal, o homem corre o mundo, vai em busca de aventuras, que serão depois comunicadas como grandes verdades, como ensinamentos inquestionáveis. No conto "Colheita", uma das obras-primas da literatura de língua portuguesa, fica dito: "o destino da mulher era olhar o mundo e sonhar com o rei da terra". Ela não participava do mesmo destino do homem, que era perder-se no mundo, sendo na verdade o seu antípoda. Quando este explorador de todos os continentes volta, depois de longa ausência, durante a qual a mulher continuou venerando-o, ele anuncia, como fazia parte de um direito de gênero: "Tenho tanto a lhe contar. Percorri o mundo, a terra, sabe, e além do mais...".[2] Mas não há espaço para suas histórias edificantes, a sua fala é interrompida pela mulher, que começa a relatar a rotina da casa, da horta, da lavoura, das pequenas coisas próprias de quem ficou reclusa, de quem não saiu. Dá-se então a subversão da ordem narrativa, e quem tem o que contar não é quem conheceu países e outras pessoas, mas quem fez da reclusão a grande experiência do mundo: "E de tal modo falava como se ela é que houvesse abandonado a aldeia, feito campanhas abolicionistas, inaugurado pontes, vencido domínios marítimos, conhecido mulheres e homens, e entre eles se perdendo pois quem sabe não seria de sua vocação reconhecer pelo amor as criaturas".[3] Ela passa a enumerar "com volúpia" os episódios mais irrelevantes, dando-lhes uma dimensão mítica que apequena os feitos colecionados pelo marido. A espera não foi espera, foi vida profunda, densa, com uma energia heroica, mesmo quando ela cuidava da "jornada dos legumes, [d]a confecção misteriosa de uma sopa". Ao ver como eram inválidas as suas experiências importadas do mundo diante da habitação feminina do espaço original, o marido começa a se dedicar aos afazeres domésticos, adotando o horizonte ampliado da mulher, conquanto geograficamente restrito.

A narrativa vem da experiência interior e não das vivências históricas. E a aldeia, espaço dos que ficam, espaço feminino, se faz maior do que o mundo.

Equivalente à aldeia, em contos que não se passam no meio rural, é a casa que assume conexões com o universo agrícola por meio do cultivo do jardim, da horta ou mesmo da manutenção das flores e dos trabalhos femininos. Toda esta simbologia de um mundo original, de um espaço da intimidade, fratura os espaços urbanos mais masculinizados, assinalando uma forma de habitar a cidade como se fosse a aldeia medieval. Mesmo quando se passa na

[2] PIÑON, Nélida. Colheita. *In:* PIÑON, Nélida. *Melhores contos*: Nélida Piñon. São Paulo: Global Editora, 2021, p. 128.
[3] Idem. Ibidem. p. 128.

cidade nomeada (como em algumas peças de *O calor das coisas*), o conto de Nélida sempre atualiza miticamente este espaço desprestigiado, ligado à mulher, mostrando que ele é mais rico de episódios do que os cosmopolitas.

3.

Esta ambientação no território maior da aldeia é uma herança de leituras de textos clássicos, numa espécie de transplantação do mundo de Homero para os domínios da língua portuguesa, mas é também uma herança familiar com uma forte presença dos referenciais bíblicos. Em "Finisterre", outro conto magistral, a moça nascida em um país jovem (referido genericamente como América) vai em busca de seus antepassados galegos em uma ilha, aonde ela aporta para "recolher força e origem". Ela chega ao chão de sua família não apenas para uma visita, mas para se apropriar de um passado que lhe falta por ser habitante de um país jovem – ao tomar posse na Academia Brasileira de Letras, Nélida faz um discurso intitulado "Sou Brasileira Recente". A viagem é um banquete simbólico, em que se dará a apropriação ritualística do outro, cumprindo o destino devorador do país: "Viera da América com visível sinal de antropofagia. Havia chegado o momento da América recolher de volta os tesouros, arrastá-los até as naus prontas para o embarque".[4] Pertencente à coletânea *O calor das coisas*, em que justamente se manifesta uma tendência mais brasileira de suas referências, este conto desvela de que forma Nélida Piñon concebe o nacional, como um espaço de tradições. Na sua Espanha, ela encontra elementos para fortalecer o mundo novo, e toma isso como uma forma de se apropriar de bens culturais conquistados durante as explorações colonizadoras. Ela se vê como ponte entre estes dois universos.

Tendo em mente isso, podemos entender a sua opção por uma língua portuguesa que, na fronteira entre o clássico e o contemporâneo, não se entrega a um estilo que mimetize a fala do agora. A língua é este espaço de encontro de seus antepassados, de onde ela trouxe um idioma

---

[4] Idem. Finisterre. Ibidem, p. 158.

afetivo, e também de suas leituras balizadoras, daquilo que encontrou nas grandes obras universais, além de ecoar seu tempo presente, sua circunstância brasileira.

A universalidade do idioma narrativo de Nélida Piñon vem desta concepção de uma língua maior do que o presente e, portanto, maior do que a fala, e que é usada em nome de um continente, a América, visto como extensão de espaços ancestrais, sejam familiares ou culturais. A língua portuguesa de que se vale Nélida tem densidade no tempo e no espaço, o que lhe dá um poder de representação que extrapola a denominação brasileira.

Autora ibero-americana por excelência, ela dilata as fronteiras do nacional com suas narrativas atemporais. Este também é outro atributo feminino, que desarma o agora histórico para buscar os fios ocultos da lenda. Em "I Love My Husband", outro conto memorável, carregado de ironia, expediente narrativo muito usado pela autora, a narradora diz: "Ser mulher é perder-se no tempo, foi a regra de minha mãe".[5] É pertencer a outras temporalidades, sem renunciar ao agora, e sim o fraturando para deixar jorrar o que ficou reprimido. Ela se prende ao tempo, à memória, às coisas herdadas, às tradições, segurando os avanços para que a história não se transforme em uma corrida cega ao futuro.

4.

Outra recorrência em seus contos é a carnalidade, mais do que a mera sexualidade. Suas personagens estão sempre preparando alimentos, que aparecem nas formas mais universais (a carne, o pão, as frutas, os legumes...), mostrando uma devoção voluptuosa pelo corpo. A comida está muito presente nos contos, seja na vida da aldeã de "Colheita", cujo título já se refere, ainda que metaforicamente, aos alimentos, seja na pequena fábrica de sorvetes do amado meio impossível de "O sorvete é um palácio", ou ainda no chocolate de "O menino doente" e na carne quase sacrílega do repasto comum quando da morte de um animal querido em "A vaca bojuda". O alimento, mesmo trazendo a ideia da morte, é sempre algo respeitoso e faz

---

[5] Idem. I Love My Husband. Ibidem, p. 136.

parte de um ritual, manifestando-se em situações solenes por estar ligado a esta valorização do corpo.

O corpo funciona em seus contos com um valor religioso, como um templo, no qual ocorrem celebrações. Alimentar-se é um grande momento de ser e está relacionado diretamente ao ato amoroso. O encontro entre os corpos assim é o outro momento alimentício, em que os personagens ganham uma dimensão mítica. Mais do que relatar ou descrever a comunhão dos corpos, Nélida os reveste de grandes metáforas, apontando para a sua grandiosidade, muito além da mera atenção aos instintos.

A consciência dolorosa da morte se manifesta em todos os contos, o que daria uma visão muito trágica da condição humana, mas pelo apego ritualístico ao corpo, por meio da alimentação e do amor, as personagens de Nélida conseguem positivar as suas experiências, mesmo quando acabam na solidão. Este é um valor essencial numa literatura em que a crença religiosa se tornou insustentável e em que há uma queda ao materialismo mais insensível, restando ao artista sinalizar caminhos para a realização humana mesmo com todas as privações. Sai-se das leituras destes contos com uma fé na aventura humana e com uma compreensão compungida dos dramas.

5.

Ficcionista que valoriza a linguagem literariamente elevada, mulher que dá concretude narrativa a um olhar feminino, herdeira de espaços e temporalidades profundas, criadora de personagens que, mesmo em circunstâncias dolorosas, celebram a vida, Nélida Piñon é sem dúvida a mais universal das escritoras brasileiras, tendo dilatado no tempo e no espaço as fronteiras da cultura brasileira.

Miguel Sanches Neto

TEMPO DAS FRUTAS

FRATERNIDADE

A bondade de proteger os viajantes, todo homem que passava pela sua porta. Agora que finalmente afugentara o medo, ou o que o representasse, ofertava-lhes o corpo, só depois restaurando a preocupação do pão, e a comida necessária. Era o seu jeito tímido de seriamente se orientar passageira na vida dos outros. Em verdade, compreendia a serenidade das coisas, sobretudo os viajantes que nem formulavam exigências que ela já não as tivesse cumprido.

Interpretando aquele comportamento, que nem dependia de reserva ou moderação para ser classificado, a mãe olhava a filha, a despeito da análise feroz que forjavam na convivência. As duas mulheres cuidavam da horta, e o crescer de uma natureza sensata, já nem espanto causava-lhes. Quanto aos animais, oportunamente abatidos, a carne se destinava à salga no propósito de uma longa conservação. Não se indicava um só pedaço de campo sem cultivo, seguindo capricho de terra abandonada. Só então, naquele relaxamento que acompanha um certo tipo de trabalho, cuidavam da janta.

Quando a mãe morreu, ninguém da cidade apareceu para as despedidas do corpo. Mas, a filha procurou tudo esquecer. Com a ajuda de viajantes que ali pernoitaram, nomes obscuros e jamais identificados, pôde enterrar a mãe. Empenhada no trabalho de escavar a terra, nem chorou. O seu corpo não abrigava as convulsões de quem já não controla os sentimentos. Severa simplesmente preparou a terra como se em vez de lhe destinar a mãe, distribuísse sementes, início de uma aventura habitual. Desaparecendo na terra o corpo da mãe, e não o milho nervoso e amarelo, distribuído sem a conveniência das trilhas exatas, um sorriso surgiu nos lábios, ainda assim tão delicado que mal se percebia. Pois que o trabalho a extenuara, e certamente aqueles homens desconheciam palavras que acalmassem uma dor exibida. Tanto eles quanto ela, mal lidavam com a gentil evaporação de um sentimento. Não se fizera a mulher para uma convivência que atingia os seus limites.

Depois, o irmão trancado no quarto durante o dia recusando a luz do sol. Escurecendo, disse-lhe:

– Olha, a mãe morreu.

Ele sorriu, e a mansa cara de idiota, aquela expressão que o acompanhara desde pequeno, esgotava qualquer explicação.

Só pela noite abandonava o quarto, e neste instante a irmã apagava a luz do corredor para que ninguém o observasse na estranha travessia. Arrastado pelas paredes, lá vinha ele, com aquele cheiro de mijo que jamais extraíra de seu corpo, detalhando os obstáculos até alcançar a porta, os olhos ainda fechados, quando se perdia na mata, ou em torno da casa, brincando com os porcos, perturbando a vida das coisas destinadas ao crescimento noturno.

No tempo da mãe, ainda reclamava, porque desde épocas memoriais as duas perceberam que ao menos se deviam mínimas palavras, para que nada se esgotasse definitivamente, ou matassem um porco quando apenas uma galinha destinara-se ao luxo da morte. Reagia a mãe com estranhos caprichos, andando pela casa, a mão na cabeça imitava os gestos dementes do filho. Tantas vezes passava a noite com ele igualmente brincando com as galinhas, igualmente perturbando o milharal que ao vento cantava o seu grito aflito. Sempre aguardou o seu retorno, quando então voltava a dormir na casa. Sem forçar a explicação que denuncia um mundo preciosamente reservado.

Como a morte da mãe não o abateu, pretendia que tudo ia bem, e plantava e colhia como se a respiração atrevida daquela velha ainda o acompanhasse.

Também suspendeu as visitas à cidade. Importunavam-lhe os olhares daquela gente impondo uma intimidade a que não tinha direito, que analisava seu corpo como quem passa a língua por ele identificando um sabor diferente. Desde então exigia dos viajantes as pequenas contribuições que uma casa como a sua já não dispensava. Principalmente detalhes que sujeitassem o irmão a uma mínima seleção. Obrigara-o a fumar para que aceitando o gosto do cigarro igualmente repelisse tantas outras coisas. Aquela espécie de respeito pelo irmão ela cultivava, fingindo gostar. Ia a ele e dizia:

— Perdão, trouxeram-lhe exatamente a marca de cigarro que você detesta. Prometo-lhe mais cuidado na próxima vez.

O irmão, na rudeza de quem simplesmente agarra-se às coisas sem pretender um reconhecimento cada vez que se estabelece um contato, brincava de fumar, por exigência da irmã, sufocado na intensidade da fumaça. Embora a polidez da mulher, imprecisamente considerava a brutalidade também uma forma de convívio para quando se esgotasse a paciência. A mão sempre aberta era um hábito de criança, até que nada mais lhe fosse negado, e o alarme da cara idiota.

Pela manhã, além de lhe trazer comida, ela cuidava do seu corpo, tantas vezes punha-o nu contra a parede, em flexões rápidas modelando suas pernas, o pano molhado entre as partes íntimas. Abstraía-se o irmão afobado como quem formula pensamento. Quando a irmã concentrada na missão e o pensamento distante, ele se irritava voltando-se para a parede, até que ela pedisse. O ímpeto da irmã era de reagir, obrigá-lo à limpeza sem aqueles caprichos. Mas vinha devagar, fazendo-lhe cócegas debaixo do braço. A princípio, nervosa mas miúda a risadinha do irmão. Depois, à sua insistência, ria tão alto que ela quisera abafar um grito que contamina os tijolos, ressoando lá longe. Até cair no chão, de cócoras, dentro de um estertor.

Docemente a irmã acariciava seus cabelos, reerguia-o com meiguice, para que não perdesse o equilíbrio quem era sensível às alturas. Só então acabava a limpeza e sentado numa mesa o irmão comia fazendo barulho que lhe provocava nojo, mas ela nada dizia que perturbasse a refeição, talvez porque não adiantasse, ou porque a delicadeza existente entre eles excluíra admoestações. A cara ficando suja, lambuzada, expressava prazer, ela punha-o limpo de novo. Sem reclamar, sem tornar a vida mais difícil. Era quando lhe relatava na linguagem hesitante os feitos noturnos, suas brincadeiras bobas.

A princípio teve medo de não mais se responsabilizar por suas loucuras, uma vez que se afastava tanto, mas percebendo sua inocência e o desajustamento daquele corpo em liberdade, nada fizera que limitasse as suas andanças, desse-lhe uma menor possibilidade de usufruir a noite. Queria-o desfraldando o seu ímpeto, abalando as pequenas coisas esquecidas no chão, enfim um homem livre, embora a inconsciência de tudo que o dominava. Era o trato que lhe assentava bem, talvez única compensação que ainda podia lhe dar, em troca do perigo em que ele vivia, um homem agindo como menino pequeno, sujando as pernas por distração, sem controlar as necessidades.

Fora difícil perdoar, aquele corpo tocado pela imperfeição, que a bobice distinguia, mas na ausência de um responsável a quem apelar, acomodou-se, sem pretensões de mexer excessivamente com a vida. Não suportava longamente os mistérios, a ousadia do esclarecimento. A sua simplicidade apenas permitia o doloroso envelhecer, e bastava-lhe esta ameaça do futuro. Liberara-o esperando que num tempo breve, ainda resguardado, viesse ele a compreender as coisas tranquilamente, dispensando comentários, mas sempre atento às perturbações do mundo.

Uma noite, o irmão bateu à sua porta, expressando-se tão corretamente que chegou a pensar, meu Deus, será a hora do esclarecimento? Foi dizendo que sim, acolheria o homem que invadira o interesse do irmão, como as galinhas na sua passividade representavam parte de sua atração noturna.

Sonolenta abriu a porta, e já o homem entrava fazendo parte da casa, dominador e truculento. Ela mal o observou. Talvez não pudesse naqueles instantes aguentar a luz, como se imitando o corpo do irmão e o seu arcabouço frágil, repelisse a claridade e a consequência da sua imagem. As feições do homem, à luz da vela, coisa frágil que mal se aguenta, escorregando pelas paredes, disfarçadas sob as variações de um olhar distraído.

Só quando ele se sentou acompanhado do irmão, ajustou-se àquela invasão, um homem e seus companheiros que praticaram a mesma espécie de vida. E não sendo a recusa um compromisso em seu mundo, e um homem no escuro é a visão perdida, ela não hesitou, trouxe-lhe pão e mais o que sobrara do jantar. A cautela do homem em mastigar amedrontou-a. Exatamente a aparência que ia dominando o irmão, cujos limites são a voracidade da fome, a imprecisa capacidade de calcular, sua sombra de idiota desfila nervosa na parede, o perfil duro nem seleciona as impressões que ajudam a dar forma a um rosto. Contenta-se o irmão com os restos, migalhas caídas da mesa, tal é o ímpeto do olhar. A sua fatalidade é englobar o mundo, já que não é capaz de dividi-lo. A baba espessa escorrega pela boca. Começou então a mulher a pressentir que após a existência do pão tanto passa a existir e enfrentou suas obrigações.

Ocupado na comida, como se lidando com matéria sujeita a consumo dominasse uma etapa natural, dando ao comer uma atenção de quem jamais julgará nada melhor após o prazer que aguentava naquele instante, talvez disposto a demonstrar que a sua intensidade localizava-se onde o seu desejo operava, o homem ria, ora para o irmão, ora para a própria imagem, porque era desta espécie o convívio que passava a existir desde então.

Foi aí que a irmã pensou: agora devo fazer o que é mais adequado para a natureza de um homem. Porque o velho hábito ainda a restaurava, como a flor encontra plenitude à medida que melhor se organiza dentro da terra a ameaça da sua raiz. Nem sorriu, o medo de perturbar uma compreensão generosa, apoiava-se na seriedade para não ser escrava, o único controle que exercia sobre um mundo admitido após uma simplicidade que sempre a compôs. Disse ao homem:

– Quando você quiser podemos dormir.

O homem parecia não compreender que se estabelece entre duas pessoas a obrigação de exibir um certo prazer. A sua cara olhava a mulher, não perdido em análises, e com isto a imposição de uma superioridade que o conhecimento garante. O homem olhava porque estava cansado, a fartura do estômago exigia-lhe devoção, impedia-o de explicar à mulher a satisfação por que passava após fatigante jornada. Pois pressentia as amarguras e penas de uma explicação, especialmente diante daquela cara idiota em aguda vigília.

Como o animal pacífico não excede os limites que lhe são impostos, a mulher, à indagação onde se dorme nesta casa, respondeu-lhe que era no seu quarto. O homem ainda demonstrou-lhe respeito pela sabedoria rara, mas fez-lhe ver que preferia dormir sozinho, tinha sono e roncava à noite.

O irmão, que nasceu bobo, de repente correspondendo aos sacrifícios da irmã, que aguardava uma compreensão que ao menos uma vez a aliviasse da penosa carga, gritou iluminado:

– O homem dorme no meu quarto.

Os dois homens abandonaram a sala, após o que o irmão voltou.

Procurou a irmã esquecer as coisas pequenas que começavam a se articular, porque o fio inicial era discreto, e nem a habilidade da mão desmancha com delicadeza estes trabalhos. Removida de uma obrigação antiga, hesitava em descobrir a razão de um homem rejeitar uma certa hospitalidade. Que abalou convicções apoiadas tão somente em coisas miúdas, disfarçadas em afazeres diários. O quarto malcheiroso do irmão abrigando um homem cansado, e ela pensava o que obriga um homem a recusar um prato oferecido. Como se tivesse indagado, o que é que se passa na vida de um homem, e só agora, a partir daqueles instantes, se desfizesse da mansidão em que sempre vivera. Mas como a análise importava-lhe à medida que a libertava de todas cautelas, dirigiu-se ao irmão:

– Então, você não vai passear?

Seu riso idiota, os dentes brancos destacados à luz da vela, o irmão deitou-se no chão, parecendo dormir. Então a irmã pensou, preciso cuidar para que nada seja diferente a partir de hoje. Viu-se envolvida por uma paz engolfando o corpo, como se um líquido quente jorrasse entre as pernas, e era agradável antes da friagem que viria fatalmente.

Semelhante ao irmão, aquela luz que mal iluminava a vida, um louco cauteloso apalpando as paredes, na certeza de um destino, ela também escorregava pelo corredor. Por algum tempo grudou-se à porta do homem, um ronco duro e grave transpassava a parede. A violência da comichão na barriga, a sensação quente que estica as peles para baixo, como se assim sofreasse o ventre inquieto. Quando nem a sua severidade corrigia os impulsos da natureza, apressou-se para o quarto, logo então o seu corpo nu era uma paisagem branca tombada no chão, violenta, apertando o baixo--ventre, aquela área sensível de ofensa que só a paixão protege. Sem que as mãos moderassem o desejo, a mulher jogou-se na cama, conformada e esparramando as pernas.

Por longos meses o homem não voltou, apenas a angústia de uma hora incerta, e a certeza de que nem a bondade corrigia o erro. Também o irmão silenciou-se, embora em algumas noites dormisse no chão da sala, dispensando a audácia da vela, à procura do conforto de uma presença que a sua indolência criara. A mesma limpeza da casa e dos corpos, o pano molhado subindo as pernas do irmão e nervoso ele perdia o calor dos detritos.

Até que numa noite bateram à porta, o ruído discreto de quem não quer perturbar mas não modifica uma situação necessária. O irmão gritou pela irmã e a porta abriu-se.

— Ah, é o senhor! Entrou como dono, ou como quem jamais se afastara dos seus domínios. Conhecendo os hábitos e por conseguinte expressando fome, aquela precisão que devia ser alimentada, o estranho sentou-se à mesa. Diante daquela ameaça, a mulher sentia vergonha, porque haveria de cumprir até o fim uma obrigação intimamente ligada àquele homem, sem apelar para a sordidez do riso fácil. O pão e o resto das coisas frias, após o que observaram o homem alimentando a sua astúcia.

O homem sabia que retornara a um domicílio seguro, de onde talvez fugisse quando as dificuldades fossem insuperáveis, e compreendesse o esgotar de uma aventura.

— Onde se dorme nesta casa?

A mulher não buscou apoio na cara idiota do irmão, se a ela apenas competia a lição que se estabelece entre um homem e uma mulher. Foi andando, e talvez pensasse, escuta, irmão, preciso cumprir meu dever.

Ruidoso, a preciosidade de apertar a barriga expressando satisfação, o homem seguiu-a e fecharam a porta. A mulher rondando e o homem tombado na cama, o cheiro forte debaixo do braço. Impaciente, ela indagou:

– A menos que você vá à cidade comprar outras velas, terei que apagar esta última.

Suspirou o homem percebendo que seu castigo não era a simplicidade daquela reclamação, mas todas as outras que a mulher haveria de assumir na vida.

– Minha filha, você acha que eu faço amor no escuro?

A mulher não se mexeu, para ser vista e apreciada. Displicente o homem disse:

– Vamos, seja prática, tira a roupa.

Ela foi se desfazendo até a expiação do corpo nu, magro, rijo e animal nos movimentos. O homem nem olhou, não que permitisse à mulher a graça do pudor e com isto a sabedoria de extrair do corpo relaxado uma esplêndida naturalidade, ou porque concentrado no desejo sobre ela se disporia com maior ímpeto. Olhava o teto, manchas que as moscas abandonam no limpo, enumerando as pintinhas distraía-se, talvez pressentisse que a solidão da mulher é a fruta perdida embora localizada na árvore e a perfeição da sua espécie a ameaçasse com a aparência das coisas douradas que apenas dependem das suas mãos para o esclarecimento maior, vicejarem e se desfazerem na multiplicidade aguda dos seus dentes. Finalmente irritado perguntou:

– Você está pronta?

Sentia a fecundação do homem como uma espécie de deslumbramento, não porque lhe imprimisse um capricho novo ou lhe impusesse uma sabedoria que sua carne sempre impessoal desconhecera. Deslumbrara-se com a indiferença e a casualidade do homem que recolhia as coisas do caminho como quem remove um obstáculo. Assustou-se com o segredo, e pela primeira vez envergonhada percebia seu corpo, como se durante a distração convulsa do amor estivesse vestida e após o prazer que o amor lhe proporcionava se percebesse nua com um estranho que a alisava por lhe faltar outra ação, como amassaria um cigarro na displicência do fumar.

A vergonha era um estado novo, e mais do que usufruir esta alteração percebia, e só agora, que vivera um passado indecifrável, onde nada investira, nem o estranho lucro do corpo. Como se o homem representasse o desinteresse que também ela tivera com o mundo. E nem agora conseguia denunciar a diferença, em que movimento do homem recuperou o poder da vida, porque altiva nenhum grito admitiu o prazer. A mulher ruminava a existência do homem e isto a incomodava como pesava-lhe o afastamento do seu corpo na vaga procura. Como passara a precisar, começou a descobrir e ser feroz, porque o homem não sendo bem um capricho, ou um objeto que ainda depende do uso para estar em função, tornava-se alguém de quem dependia para analisar o prazer e um passado inútil, e um irmão idiota, cuja saliva escorregava rosto abaixo, quando não lhe era possível o controle das coisas internas.

Dono de uma cama e de uma mulher, levantou-se determinado e objetivo, fazendo barulho abriu a porta. Tombado no chão, olhos abertos e assustados, todo o princípio da vida resumia-se na sua escassa sabedoria, o irmão, atrás da porta, aguardara os cumprimentos dos ritos do amor enquanto, perdendo no rosto a inocência, exprimia a necessidade do corpo, agora que intuíra o desenrolar do longo estertor das carnes.

– O que é que você faz aqui, camarada, o homem perguntou. Aquela face iluminou-se com uma luz breve, que nem se distingue da vela, mas o sorriso era violento, alguma coisa selvagem que comia as plantas e deliciava-se. Mexeu com a cabeça, disfarçando a alegria. – Ah, já sei, você também tem sede.

Apanhou-o pelo braço, e o irmão temia a queda, tão frágil o seu equilíbrio, embora o homem amparasse-o, imaginando-o tonto, bobo de tanto sono.

Só voltaram no fim da madrugada e a mulher de nada indagou, por lhe bastar o seu segredo, e não lhe competir ainda a denúncia. Pela manhã o homem não fez preparativos de partida. Obrigando-o a ficar, ela pedia-lhe pequenos favores. Assim ia ele renovando seus votos e fervor durante a noite, e a mulher, despojando-se de uma imprecisão, dedicava-se ao trabalho ativo, às plantações mais vigorosas. Após o amor, o homem abria a porta, sempre encontrava quase ajoelhado o irmão aguardando, agora que desistira dos passeios agudamente plantados nas noites, naquela posição incômoda que era o seu sacrifício, umas olheiras fundas de quem passa a desejar um pão mais salgado, uma lentidão assinalando o primeiro domínio sobre o próprio corpo, descuidado e grande, que, desligado das tarefas diárias, não se fizera para usos mais intensos.

Iam então até o poço, depois perdiam-se escuro adentro. Um dia a mulher pôs ao lado da cama um vaso de água, para quando ele tivesse sede. Disfarçou intensamente, para que não se tornasse manifestação ou artimanha posta a serviço de possuí-lo por tempo maior. Mas quando viu a água ele riu, botando vergonha naquela nudez estendida e lassa. Ergueu-se como quem ainda procura, não lhe bastara o que extraíra da mulher, como se após o leite fresco da vaca no estábulo, exigisse sabores diferentes. Cautelosa, ela apontou a água, tentando corrigi-lo, dar-lhe ideia de que se compõe um engano, quando se rejeita o que alguém pensa certo e seguro. Mas o homem acrescentou:

– Quero água fresca.

A mulher virou o rosto para a parede, distanciadas as vozes do irmão e do amante, em busca de outras caças. Desde então a irritava o irmão grudado atrás da porta imaginando o que fazem duas criaturas solitárias num quarto, e por isso começasse a inventar sobre o que mancha em movimento duas carnes, porque seu corpo se beneficiava da imagem. Quis distraí-lo, estimular-lhe novos passeios, ainda fazer-lhe ver a conveniência de voltar para o quarto, ele que jamais assistira à opulência do dia.

Mas o irmão não se deixava controlar. Seguia o homem como um cachorro acompanha o que já é sua vontade. Então a mulher fingia trabalhar, ora interessando-se pelo homem, ora, numa última liberdade, insinuando que ele devia partir. Porque queria extrair-lhe uma confissão, onde ele admitisse ter ficado apenas porque quis e não porque fora simplesmente descuidado e esquecera os compromissos. A única iniciativa do homem foi exercitar na terra a sua capacidade indolente de eliminar os obstáculos que se acumulam tantas vezes inocentes.

A intensidade física do homem atraía o irmão, e nunca se separavam; contava-lhe graças, brincavam com os animais, ensinando-lhe truques interrompidos sempre que ela se aproximava talvez para ouvir. Percebeu a irmã que à sua presença um cavado silêncio derrubava-os, como homens magistralmente severos. Pensou que talvez a sua inabilidade impedisse a harmonia das brincadeiras mais pesadas. E que dois homens, mesmo um sendo idiota e débil, se deviam uma sorte de relatórios excluindo qualquer correção que a presença de uma mulher ainda exige.

Brincando o homem disse:

– Escuta, mulher, quando trabalho não quero conversas, não posso ser incomodado.

Embora a advertência, eles gozavam o mundo em risos ácidos atingindo a umidade da saliva, que era a saliência de homens que aprimoram o prazer, como se com o excesso da convivência jamais esgotassem o saldo da vida. No irmão o riso modificava a pele, era desigual o seu brilho, mas uma denúncia de prazer, porque suas pernas tremiam, incontidas no espaço comum, decifradas pelo homem que agora lhe fazia cócegas, para que mais risse, perdendo o corpo o seu equilíbrio, até cair, a boca na estranha luta à cata talvez de carne, só os olhos embelezavam-se em toda aquela crispação excessiva. Uma intimidade de homens promíscuos, que mal respeitam os limites da espécie.

Sentiu nojo do irmão, sua cara suja e aquele cheiro de mijo que jamais lhe conseguira arrebatar, uma pele habituada a um mundo agônico, com exigências e reservas particulares, embora a contradição da limpeza do viajante que possivelmente tornou-se uma atração, o recurso do próprio corpo que nem a devoção de uma existência resgata. Sem que pudesse emendar o erro do seu julgamento, que era a represália do seu ciúme, e salvar o irmão. E como esta espécie de nojo sendo a sua intolerância, fazia-se acompanhar de um sentimento que até mesmo afasta a dádiva da fraternidade, fechou os olhos, sofreando a limpidez do exame. Após dormir com aquele homem, não somente intensificara o desejo, a perplexidade daquelas carnes unidas, como também dedicara-se a sondagens antigas, à inoperância dos dias passados, como se fossem sadios. Já não sorria ante a graça do irmão, cujas intimidades do corpo sempre amara porque dependiam da sua habilidade e isenção para o asseio completo.

Um dia, à pressão de sucessivas gargalhadas, o irmão conseguiu avisar-lhe que iriam à cidade. Logo, um pressentimento manchou-lhe a boca. Olhou o homem, como quem não pode perder além do que já perdeu, contudo esperançada de que em breves palavras ele modificasse a sua crença. Porque dispunha-se a admitir o seu engano para não perdê-lo, aquele descuido do homem que ousava criar no seu corpo uma preguiça indispensável, mesmo que para isto se conservasse na agonia da suspeita silenciosa.

Percebia que o homem não dependia do seu consentimento para preservar um mundo que se fez seu na conquista. Quis ainda lhe propor, é importante para você levar à cidade o meu irmão idiota. Mesmo que ele admitisse que iria à cidade simplesmente seguindo o prazer de exibi-lo, ostentá-lo à hilaridade pública, nada faria porque o objeto engraçado é aquele que afasta a culpa que ninguém pode assumir, a necessidade de se eleger a graça em troca de qualquer desonra.

O resto do dia foi cheio de trabalho, limpando as porcarias do galinheiro, um aperto no coração incomodando, e sempre dizia, meu Deus, eu estava tão habituada à vida, por que desisti dos viajantes, por que o irmão é idiota e descobriu o mundo? Mal suportando o desvendar de qualquer verdade, enquanto as galinhas cantando nas brigas deixavam as penas caírem e mais tanta sujeira sem solução colorindo seus sapatos.

Até comendo averiguava a estrada. À noite, identificando no ar algum cheiro que apaziguasse a carne e a tentação da sabedoria. Sempre consolada na esperança de que chegassem brevemente foi se deitar, a eternidade de uma cama onde a displicência do homem repetira um rito dentro de horários e movimentos habituais.

Aquela ausência esmagava-lhe o corpo a ponto de imaginar a abundância de raízes secas na sua carne descampada, a curiosidade movendo-lhe a mão em direção ao sexo, como se pudesse atingir o ventre com o punho fechado, sentir uma presença que longe de feri-la trazia benefícios, pois a mulher desejava vantagens para o corpo como quem na satisfação da comida aperfeiçoa o paladar. Apenas não ousava violentar as fronteiras, apalpar-se com a mão que apenas lhe parecia feita para investigar o corpo de um homem. Restava-lhe aguardar, porque se o mundo não representa a satisfação desejada, também podia ser a selva bruta onde se perde a delicadeza de possuir um corpo, talvez até feio e ingrato, mas destinado ao estímulo e à multiplicação.

Debaixo do lençol, abriu as pernas, imaginando o peso do homem que, ao lhe arrebatar a imobilidade, sobre ela crescera em profundas exigências, e a bravura daquela pele que era a alegria da sua carne, um homem cuja rebeldia submete a quem se sujeita ao desenvolvimento da ferida, que também é destino. Murmurava, está bom, continue, até o sonho dispor-se à realidade. Só depois, quando as ondas bravas nada são que ímpetos senis, ela dormiu.

Pela tarde do dia seguinte, o sol ainda dourava a estrada, ouviu a alegria excelente e desarmoniosa das vozes em canto. À sua frente, abraçados em mútuo apoio, mal aguentavam-se de pé, bêbados e coloridos.

– Como é, mulher, está tudo bem?

Viu no irmão a baba persistente, o cheiro de álcool invadindo o corpo desorientado na súbita felicidade. Na tarefa de apreciar ou rejeitar a intensidade de qualquer cheiro, sabia que jamais o reabilitaria daquela sujeira. Já não ultrapassava os obstáculos. A sua natureza tímida, mal disfarçando, rejeitava o irmão porque de outro jeito não se compunha uma seleção violenta.

Ele que até ultrajado pelas cócegas dera-lhe um corpo arrebatado esplêndido no chão, diante da mulher que agora alterava o vigor da paisagem, oferecia a violência de um novo rosto. Aproximava-se como a mulher que utiliza certa habilidade para restaurar a juventude indecisa de um corpo, embora as condições adversas.

– Você está bem, irmão.

Bastava-lhe a sua resposta para atingir o pensamento do homem. Se as alterações do irmão representavam mudanças na casa, o desapego e a independência do homem determinavam transformações no seu corpo. E lucidamente passara a depender daquela indiferença e seu mundo descuidado.

De boca escancarada, como se em lugar da língua violenta pondo-se para fora expusesse o sexo até então preservado, o irmão torcia a cara liberto.

– Vamos entrar que eu vou limpá-lo.

Mas a sua idiotice pressentia que quanto mais o limpassem mais se exacerbava a nova ânsia de rolar pelo chão à procura da sujeira com que se conhece a vida. O irmão não respondeu porque o seu corpo se engrandecia quando dispensava proteção. Ela hesitava em exercer uma autoridade que ainda estaria em seu poder, ou se transigia com o homem pedindo:

– Você acha que ele está bem?

Com um leve tapa ele acariciou seu rosto, e acompanhado do rapaz ocupou a casa. No seu pacífico desespero a mulher ainda quis lhe transmitir o perigo que passava a representar e que a sua comodidade desconhecia, insinuar-lhe razões. Que já não bastava a sua vontade para controlar a fúria que em breve mancharia as paredes da casa.

Mas ainda submetida às próprias oscilações não dispunha de recursos necessários para enfrentá-los. Como se a despeito da raiva e do seu cálculo, devesse-lhes uma bondade apenas porque os poupara naqueles instantes do rigor da sua ferocidade, enquanto nem aqueles risos relaxados inocentavam. Por não hesitar diante de obrigações, seguiu-os, bem percebendo a perturbação que sua presença causava.

Olhava o homem por já não dispensar quem provoca sugestão tão ardente, e via-lhe o generoso movimento do corpo, a carne preguiçosa oscilava pela casa. Apanhou o balde e o pano da limpeza.

– Vamos, tire a roupa.

O irmão desnudava-se. Intensificou o homem as gargalhadas a serviço da compreensão do idiota. Aquela nova inteligência que corrompera a cara do irmão, tirando-lhe a frescura da baba inocente, dirigia-se ao homem que a controlava pelo olhar, um barbante invisível arrebatando-os para o mundo das perturbações serenas. Desejou avisar o homem, por favor, observe o meu perigo, mas desatento só a risada iluminava a vida. O irmão submetia-se ao ritual porque outros mais intensos impuseram-se ao seu corpo. E exatamente o que ela procurava descobrir. Defendia cautelosa a definição do homem.

Mal aguentando a expectativa de uma decisão, ela reagiu fazendo-lhe cócegas, em movimentos que haveriam de submetê-lo. E aguardou. Como se a resistência expressasse uma nova força, o irmão aguentou correto a invasão, um rosto onde nem o arrebato sanguíneo do riso podia manchar o seu organismo. Também parecia-lhe dizer, cuidado que agora eu começo a compreender.

A irmã que sempre se arriscara descobrindo o corpo do irmão, insistia, porque ambos perderam a inocência e só a ferida de um relevava a raiva do outro. Mas o irmão, percebendo no olhar impessoal do homem seus urgentes compromissos, jogou na cara da mulher a primeira bofetada. Caída no chão, ela não reagiu, sujeita aos caprichos daquela nova inteligência. A cara idiota se organizava, enquanto vestia-se recolhendo peça por peça, nelas ajustado com a naturalidade da convivência excessiva.

Finalmente desobrigada dos encargos, a mulher escondeu-se entre o milharal, aguardando a escuridão, o socorro da luz da vela. Eles ocupavam a sua casa, e se já não aguentava o mundo que se iluminara no irmão, menos aceitava o abandono do homem. De repente, incorporou-se novamente no mundo, iludida de que os homens dependiam do seu aparato na cozinha para sobreviver, da sua eficácia nos arranjos domésticos. Atingiu a cozinha pelos fundos. Percebendo o uso das panelas e a abundância das coisas mexidas.

Correu para a sala, colidindo com as paredes, sem orientação no escuro. Contudo ansiando pelas caras famintas dos homens. Eles, acomodados e triunfantes, já repousavam. Então não soube o que fazer. Encharcados de fartura iam-lhe extraindo a utilidade, esgotavam a tarefa que ainda lhe fora reservada. Só uma imensa alegria invadia as caras onde os efeitos da bebida eram cintilantes.

Nem perguntaram, e você, tem fome? O idiota ameaçava falar como se a sua recente habilidade liberasse-o para as tentativas mais ousadas. Conversava com o homem, talvez insinuasse que a sanidade da irmã resultara do seu selvagem esforço que nada poupou no propósito de recuperá-la, ou ainda, o que viesse ela a lhe comunicar provinha do que lhe ensinava há longo tempo. A mulher tombou na cadeira, sem que eles respeitassem aquela coragem que novamente a impelira para a casa. Pois não compreendiam uma audácia que se empenha na reconquista da sua terra. Apenas ela percebia que após qualquer perda exige-se cautela absoluta para se conservar uma mínima esperança.

Hesitava entre dormir na cama que lhe pertencia e perder-se na noite, nela restaurando um universo que, abandonado pelo irmão, competia-lhe agora compreender. Talvez já nem dependesse de uma decisão para se alterar, certamente em breve a acusariam mesmo apresentando defesas que tantas vezes inocentam. Alisava o corpo, indagando se o rosto registraria uma impressão imbecil. Porque idiota era o irmão, a despeito da nova inteligência que o dominava. Embora a sensatez fosse recompensa para a luta, permanecia a dúvida de que um movimento invertendo a ordem das coisas criara-se em torno de si, levando-a a absorver a idiotice e seu estranho reino. Até compreendia que finalmente se visse ameaçada deste jeito. A frieza da cidade, a tranquilidade com que dormira com os homens, dispensando lutas e caprichos das outras mulheres que com tais manobras dominam a vida.

Talvez esta reprimenda pairando sobre as pessoas fosse o jeito de enriquecer a matéria dolorosa e grosseira. Sorriu, dominada pela paciência e seus atributos. Enquanto os homens rindo criavam o perigo da amizade, abriu a porta e enfrentava a noite. Andou até se cansar, sempre orientada pela luz da vela que a espessura da janela conseguia ainda filtrar.

Depois, não resistindo o corpo à qualidade de vento e frio que sufocam, dirigiu-se ao estábulo, sem perturbar a cautela das vacas. Mergulhando entre as palhas e disfarçava. O sono inutilizou-a por algum tempo, só a claridade alvoroçada e exagerada do dia despertou-a, e decidiu-se pela organização da casa. Acima do desgosto prevalecia o dever, embora nem sempre se ajustasse à realidade submetida a uma obrigação.

Abrindo a porta da cozinha, encontrou-a fechada. Logo as outras também, igualmente as janelas. Refugiou-se no uso da força, ansiando por um esclarecimento. Só quando pensou desmaiar, após o esforço e a compreensão, decidiu-se pela luta.

Tantas obrigações cumprira com desdém, raramente o prazer a recompensara, ou a preguiça e o gozo. Apiedou-se do irmão, ao mesmo tempo julgando-o alguma coisa pesada e vaga que ameaçava sua vida. Quando a sua imagem perdia as saliências que uma vez o distinguiram, a impressão de baba e de sujeira que era a emoção de mulher tutelando irmão, criou a raiva onde apenas cabiam a sociedade de quem já possui em excesso e a lembrança das coisas fundas.

Com uma barra de ferro, a força do instrumento que esmigalha a madeira, ela venceu. Cuidando como o estranho invade casa alheia. Obrigada a inutilizar o mundo na reconquista, talvez a liberdade consistisse em ferozmente desestimular aqueles que possuindo em excesso impedem o fluir da vida. No seu quarto o homem dormia de pernas abertas ocupando a cama, peito nu. Arrastou-se, para que não a magoasse aquele corpo que ainda atuava no seu com expressão pungente e aguda, em direção da sala onde encontraria os rastros necessários. Precisava reconstituir na memória a contribuição do homem e acomodar-se à ideia de que naquela vida admitia-se uma intensa correção.

A comida espalhada e as garrafas também, dificilmente se removia a imagem dos excessos praticados, os restos de uma desordenada noite. Sentiu a espécie de cansaço que impede o fluxo das considerações. Embora hesitante, pressentia existir no seu profundo conhecimento a esperança que ainda haveria de mantê-la após a prática dos erros maiores. Vertida para o remorso, mas a tranquilidade por onde se começa a eliminar a alegria dos tempos frugais.

Alcançou o quarto do irmão, o corpo cuidadoso cobria-se com a colcha. Ele é meu irmão, e eu não posso assumir inteiramente esta imensa culpa. Aguardou a respiração perder seu ritmo exagerado. Uma natureza inclinada para a ação, adotando o erro e o vazio de uma cama. E porque amava a cara do irmão lúcida e afirmada no repouso, acautelava-se com os detalhes. Tirou-lhe a colcha, pondo a descoberto o perigo nu, pois que obedecia a uma ordem. Quando desvendou aquela atmosfera de carne que bem conhecia como se conhece com as mãos as superfícies que perdem a sua ameaça para receber o amor, cuja intensidade nem modifica as decisões – trouxe da cozinha pungente e audaciosa uma faca, e sorria.

Para não hesitar e magoar excessivamente, examinava, apenas faltando a visão ajustada dos óculos para melhor depurar o campo de ação, seria imperdoável qualquer erro. Gentil, a mulher mergulhou no peito a faca. Um grito a princípio estremeceu o quarto, logo o estertor dos nervos em abundância. Até acomodar-se. Nem assim o irmão abriu os olhos verificando quem ousava uma certa limpeza.

A mulher absorvia a visão sanguínea do corpo, com as duas mãos extraindo a faca, perturbada. O peito inundou-se, a cama banhava-se de sangue. Apanhou o balde com água, o mesmo usado para os banhos diários, e aquele pano que fixara antigas sujeiras. Sussurrou no seu ouvido:

– Levante-se, preciso limpá-lo de novo.

Pensativa, dava-lhe tempo de se pôr de pé, oferecia-lhe a habilidade e o conforto que ainda permitem a limpeza. – Agora está bem, não se mexa muito. Só o sorriso derrotava aquela seriedade.

Tirou-lhe as calças e na nudez esplêndida deslizava o pano, ocupando todo o corpo o vestígio da água, acariciou aquele sexo cujo desenvolvimento sempre apreciou e que tão pouco deslumbrara-se com a vida. Foi raspando indolente o sangue, até deixá-lo limpo embora ressentido com sua ferida. Depois, submetida à memória dos movimentos convulsos que sempre a orientaram, fez-lhe cócegas.

Logo exigindo mobilidade do corpo abatido, como o ferido que ainda aguarda da bandeira desonrada após a batalha mortal o leve tremular, sua última esperança de preservar a dignidade e a ideia da vida. Reforçou as cócegas até esgotar-se. Só quando o irmão não correspondia ao seu comando, desistiu dizendo:

– Bem que você merece o castigo.

Deu-lhe as costas, abandonando o quarto deteve-se no corredor. Depois pensou, agora que realizei parte da minha tarefa, não posso hesitar diante de mais nada.

Consciente da sua força, jamais sofrendo os resultados de qualquer ato que viesse a praticar, olhou as mãos, a faca no bolso da saia e murmurou, até que será fácil se eu não tiver pena. E caprichosa, entrou no quarto onde certamente estendia-se o homem amado.

BREVE FLOR

A sua inconsistência era de raça. A segura orientação do sangue. No meio da lucidez de cristal, a suavidade dos seus passos percorrendo céu e terra, tal o seu arcabouço, o ímpeto desgovernado. Perdera o rumo entre admoestações dos amigos, e gargalhava solitária ante a graça das pedras. Até decifrá-las, desmanchar segredos, agora que recente adquirira o dom das palavras. Brincar de esconder deslumbrando os homens, seria o seu gracejo. Haveriam de procurá-la sempre que a pressentissem perdida. Engraçada era a ofensa, que sobre ela cometiam, para que vibrasse, e desse acordo de si. De um jeito ou outro, emendava os destroços e punha vestido novo, brilhando à luz do dia, a tessitura da sua matéria.

Em certas noites, bem diante do espelho, afugentava a descoberta do corpo. Olhava até desfrutar, do conforto e da sensação. Não corando o rosto por pensar que ainda viria a se deslumbrar quando dos exames minuciosos e exaltados da carne. Assim clareava uma zona sempre imaginada escura e imunda. Dominando o milagre, corria pela praia, as areias avançavam na medida do vento, fazendo cócegas que sempre irritam, embora a inocência.

Sobre uma pedra pensou: agora eu posso decifrar qualquer espera. E teve dor de barriga, como quando comia chocolate em excesso, ou como quando se deu a primeira modificação do corpo, alterando seus fluxos sanguíneos, o susto daquela abundância inicial perturbando-a, a compreensão de se fazer mulher. Após o entendimento, ficou esperta e atrevida diante do exagero dos recursos recebidos. Adivinhando dispensava respostas, até aprender e respirar.

Passavam os homens pensando, como é bom uma mulher tão moça, aquilo que nela ou numa outra que surgirá sem dúvida eu dominarei, porque hei de possuir quem me aguarda para se fazer conduzir aos verdes campos, e não sendo esta moça uma outra nela já desfruto, enquanto eu viver.

Tomando sorvete cansou-se. Embora a sua coragem de continuar, porque o sol ainda brilhava. A companhia dos pequenos bichinhos, coisas nervosas protegidas por uma casca, a deixando lastro, molécula que se descobre pelo brilho. Tão engraçados, e mais do que companhia ofereciam-lhe espanto, a qualquer momento descobriria um mundo imediato, surgido e acabado pela sua precária ciência, que tudo adivinha.

Apanhou um caramujo, com vontade de enfiar dentro a língua, na restrição daquela abertura, provar sabor e graça. De repente invadida pela torpeza do pequeno animal e compreender sua artimanha, escondido lá dentro, tão preso em si mesmo que se arrebatou e foi perdido, já fugindo à ordem da sua espécie e do seu mistério. E a menina querendo pôr a língua temia o encontro, da língua e a coisa mole a se desfazer, até que quebrasse ela o segredo, arrebatando a fragilidade do bichinho, a secura íntima de quem inconsequente abre as pernas, sem seleção, engolfadas no fluxo vital dos recursos estranhos.

A moça teve medo de que tendo chegado a hora, jamais se impedisse a obrigação de procriar, coisas melhores e mais sérias, ou coisas perdidas, que não cedem ante a vigência da graça e do seu capricho, que é também perfeição.

Atirou longe o animal, a sua verdade, após o amadurecer necessário da sua raça inconsistente. Depois outros homens, diferentes dos primeiros, ensaiaram iniciativas mais atrevidas, dispostos aos avanços que disciplinam as raças. Como se empreendessem tarefas que dominam mulheres vagas e circunspectas. Que na primavera se deixam amparar, por qualquer domínio, após armazenarem em mel a virtude dos doces e paladares raros.

Pedro é meu nome, disse-lhe um, e atrevido aguardava a queda das frutas. Mexendo na terra, fingindo embaraçado, atenção dispersa, sentou-se a seu lado. A moça, mudando de pedra, da mais alta para a mais baixa, nada disse. Desdenhoso o rapaz fumou um cigarro, protegido pela fumaça gritou, e o seu, como é? Feiticeira ela disse: uma moça não tem nome. Como um cavaleiro sereno com as inquietações do seu cavalo, cheio de regras e espadas incandescentes, respondeu-lhe: de agora em diante se você não tem nome, já tem dono.

Depois, ela arrumou a casa, cuidou dos vegetais selvagens, enfeitava a mesa para consagrar a vida. Delicada com a limpeza dos objetos. Até que ficou grávida e bonita, a violência do crescimento. Mal percebera porque era simples, sentindo os seus efeitos, e tal a sua modéstia. Diariamente o rapaz ocupava a casa, perdendo cerimônia e graduação do respeito. Esfregava-se abusado pela poltrona, após o que a arrastava para a cama. A moça, ainda deslumbrando-se, deixava-se ir, entre irritada e exaltada. Tendo-se tornado um hábito, extraía-lhe o homem a vontade e o ímpeto. Mal se definiam as orientações da sua natureza.

E assim iam-se pondo até que a criança nasceu. Forte e atrevido como o pai, desabrochando contínuo sem que nele se estabelecesse uma beleza que logo a seguir não se alterasse. Resolveu o rapaz desaparecer, sem que jamais o encontrassem de novo. O que perturbou a moça profundamente. Embora passasse a dispensar trajetórias tão violentas, continuava olhando estrelas, a mesma intensidade. Precariamente intuía a liberdade de qualquer estima que haveria de confortá-la, disporia de farinha que enobrece o homem após a mistura delicada de algum fermento. Dedicou-se às sutilezas que a memória insinua, até alcançar a grosseria de tanto esgotamento. Só então repousou um pouco. Para unir-se na cama e na mesa a um novo companheiro.

A princípio a estranheza, as hesitações de um outro corpo, a imposição de outros hábitos. Aquele riso amarelo e deslumbrado que sempre dominava o homem mesmo fazendo amor, como se também isto fosse parte do rito. Após o que, seus dentes foram caindo de tanto que se exibiram, e descobriu-se a moça unida a um velho que além de feio também impunha-lhe a sordidez da sua carne agora relaxada. Embora com dificuldade expressasse o nojo, a visão daquelas gengivas, mal aguentava o vômito, a penúria de um convívio intenso. Corria para o banheiro e ali desfazia-se abundante atrás da esperança, após a abolição de tantas coisas. Ainda assim era maciça a presença do homem, ocupando além do seu corpo toda a casa, a cobiça do ouro na sua cara. Um dia pegou o filho já bem crescido e abandonou a casa. Afastando-se da cidade à medida que se transferia de tantos abrigos, à força de novas perturbações. Pois perdera as noções essenciais do convívio, e pretendendo gentileza descontrolava-se à toa, no tormento de querer bem viver.

Quando um outro homem a escolheu, como se escolhe leviano o que se dispõe em seguida a jogar fora. E ela aceitou confundida. Foi criar galinhas, sadia e matutina, cuidar das vacas, teimosa fincando as mãos nos ubres fartos, até sua vida modificar-se, como também o cheiro de sua pele. Ainda assim seguia a trajetória da estrela, e o seu falso brilho, como se a liberdade se experimentasse deste jeito, pelo seu excesso. Todas as manhãs friccionava as vacas, após o homem ter-lhe friccionado o corpo. Iludida de que repousariam quando fossem velhos. Como isto demorava, e o filho crescia rápido e exagerado, a mulher hesitava diante da inovação daquele mundo que se desligara do seu ventre, marginal e operante. A luta parecia dura e brava.

Um dia, arrastando o filho, foram à cidade, depois de longa ausência. Delicados contemplavam a passagem épica dos homens. E tomaram sorvete, que ela tanto gostava, capitulando na apreciação vital de cerrar os olhos e gozar, o deslize da língua sem exigências maiores. Como se ao menino ensinasse futuros procedimentos quando se invade a área do prazer. E se o menino imitava a mãe, era porque fazia-lhe bem a intimidade daquela cara, que se tornara uma poderosa aparência e por dever descobrir uma expressão que nele também acusasse o gozo que haveria de sentir quando, mesmo descuidado, não conseguiria poupar seu corpo das necessárias exibições. Depois, foram outras coisas, sórdidas e coloridas, que alcançam fundo.

Não aguentou mais nada depois, nem o homem, nem as vacas. Uma paz inquietante, e esqueceu os atributos da terra. Admitiu outra vez a inconsistência da sua raça e riu compensada, ao encontro dos ancestrais. Cautelosa despertou o menino, juntaram poucas coisas dentro da mala e afastaram-se audaciosos. O homem jamais os seguiria, perturbando a terra com as corridas vãs. Repousaram só quando clareou. Para continuarem a seguir. Orientados por uma simples independência que planeja caminhos na ilusão de criar cidades novas. Paradas breves, simples necessidades de sono e de comida. A mãe e o filho dominavam o mundo com a leveza dos imperadores, nada os perturbava, nem o cansaço e a imperfeição das formas exigentes.

Finalmente encontraram uma casa de grande muro, cercada de árvores e grama. Veio atendê-los a religiosa vestida de preto e o rosto protegido pelo véu. Convidando-os para o repouso e o caldo quente. Como quem se atreve

41

a olhar para observar e apreciar, eles entraram. O menino olhou a mãe como se a repreendesse: francamente, foi para isto que fugimos? A mãe fechou a cara e, iluminada, alguma coisa deformava a sua expressão e a paciência. Não consignou em sua vida nenhum outro feito mais heroico. Depois da oração alimentaram-se. Ainda mãe e filho olharam-se irritados, presos numa modesta cela, a cama era comum – isto antes de dormirem. Quando, em vez dos mugidos das vacas, os sinos expandiam-se, perceberam, mais do que o som, a tristeza da oração, e levantaram-se como se quisessem fugir, esquecendo o capricho dos milagres, mudanças que embora não ocorram, dominam o mundo e o marginalizam. Mas – o muro alto e fechado a chave o seu portão – esperaram, até que a religiosa perguntou-lhes: afinal, a senhora não é religiosa, tendo sempre sonhado com estrelas? Foi-lhe impossível resistir à intensidade deste galanteio.

Acompanhou a religiosa, o filho atrás. Descobrindo-se pioneira de emoções, nau capitânea, e tão colorida a sua súbita adolescência, os seus frutos e suas mortalhas. Partilhavam tudo, orações e ódios, mulheres atrevidas pelo estímulo da oração, que confundiam devoção e martírio, pois que no mundo a guerra se instaurara honesta, selvagens a morte e a fome. O menino deslumbrava-se com o frescor das rezas e o trabalho das mulheres, que mal permitiam cumprimento, traço longínquo da amizade, e se acaso pensassem no amor o refletiam como a privação necessária.

A mulher que aprendera a cumprir o dever humano à medida que seu corpo habitava outros, e nesta multiplicidade as combinações de trabalhos que giram em torno – tudo aceitava porque aqui como antes viu-se convencida de dominar astros e sua passagem, na transitoriedade de qualquer brilho. E por dominar deslumbrava-se com crença e fé, pondo seu filho a crescer, entre a austeridade das mulheres. Até que já bem grande a superiora a advertiu, vocês partem, ou você fica e obriga o filho a descobrir o mundo. Olhou triste e predestinada o filho da carne, que lhe impunha sucessivos sacrifícios, e na igreja ou em torno da mesa perturbava-se. Perguntou ao filho: o que é que você acha? Ele não respondeu, acendendo as velas da igreja, uma das obrigações diárias.

A mãe assinalou naquele olhar apaziguamento e amor, esquecendo o problema. Depois, choveu tanto numa noite, que, sem aguentar, ela o imaginou partindo, a descobrir mundo e rios fundos. Bateu em sua porta, cuidando para não assustá-lo; embora fosse grande, chamou-o baixinho e disse-lhe: quando quiser iremos juntos, eu não me separo de você.

Despediram-se no dia seguinte, abafando certa fé que sufoca as decisões necessárias, ainda que reconhecessem luta maior se iniciando. Caminhavam, o rapaz agora diminuindo o ímpeto dos seus passos, para que a mãe não se desse conta da própria fraqueza e se envergonhasse, e que a idade já marcando seu rosto não se tornasse o único interesse dos dois. Medo que a mãe olhasse qualquer espelho, após a desonra de uma vida reclusa. Apenas detinham-se o necessário, sempre falando e olhando a paisagem. E se amavam como nunca, agora que se libertavam das coisas e a vida tornara-se mais difícil. Receava o rapaz chorar a qualquer momento, assim também era a inconsistência da sua raça. Olhava a mãe e aprendia.

A mulher conservara os hábitos de religiosa e de vez em quando os meninos das estradas corriam pedindo a bênção, oferecendo pão e ninharias. Encontraram uma cabana, feia e desorganizada. Ele foi trabalhar no moinho, entre a farinha farta e branca. Retornava a casa, grave e circunspecto, enquanto a mãe dele cuidava, cozinhando e varrendo o chão. Embora em torno o mundo forçasse uma comunicação, eles, feridos de amor e glória, não se importavam. Até que a mulher manifestasse dores pelo corpo, precisamente a espinha se ofendera. Ficou sem andar, e sucediam-se a violência dos tremores, e dava pena olhar. Era a imponência da idade. O rapaz transportava-a por todos os lados, no colo, como se faz com criança, para que apreciasse as variações da natureza e não se esquecesse de que apesar dos defeitos ainda vivia.

O filho gostava de olhar seus cabelos brancos, porque outra coisa não fazia com os seus olhos, e depois, sendo como bem sabiam de raça diferente, estranhavam outras alegrias. Até que se tornou dono do moinho. Mas a mãe já não aguentava a impaciência de viver na cama unida à visão do filho, solitário compadecido. Certa vez pediu-lhe algumas moedas de ouro dizendo-lhe, se você me quer bem jogue-as no rio por mim, é preciso que já agora você comece a sofrer e a liberar-se. Assim o filho o fez. Triste, não de perder o dinheiro. Sua arrogância era bem outra. Reconhecia em tudo isto hesitação diante da vida, de quem breve vai morrer. No rio elas flutuaram passageiras, e a mãe dava o primeiro sinal da sua independência.

Depois comeram, e pondo-se fartos, ela sentiu a inquietação da morte. Achou estranho morrer quando nem assimilara intensamente a sua velhice. Ainda distraída talvez admitisse um estranho em seu leito sem que qualquer ação que viesse ele a praticar pudesse ofendê-la. Esta disponibilidade parecia--lhe a juventude. A inconsistência era da sua raça, e compreendia, olhando sorrindo o teto alcançava a força da estrela. Também o filho herdara-lhe as doenças e a gravidade da vida. Ambos sabiam, após certificações pungentes e audaciosas.

Quando o filho a enterrou, enfeitou-lhe a sepultura com a brevidade das flores.

AVENTURA DE SABER

Recebida na escola, após a sua estranha doença, disse-lhe o diretor:

– É bom tê-la de volta, professora.

Embora amável, a observação envergonhava. Anos na profissão e ainda não dominara o sortilégio, os pequenos homens entregues à sua voracidade. Às vezes, a vantagem comovia-a, depois um ódio dominante, medo da infinita liberdade degenerar quando se destinara a educar. Conhecia teoricamente os limites, daí confundir-se.

Reaproximando-se das coisas, para impor-se o hábito antigo, avistou o menino que se aproximava. Apenas um jardim abandonado, e logo pressentiu que apesar do seu indomável desejo, ensinaria aquele corpo a desistir, que esturgia dentro das roupas. Há meses, um perigo os envolvera, sem que comentassem. Ela conhecia a fatalidade da sabedoria de um menino. Mas o menino, toda a sua força ignorada, nunca reagira.

Foi então que gritou, já que não dispensava a rudeza para conviver com as coisas.

– O que é que você quer?

– A senhora não queria que eu viesse? – Parecia doente, uma palidez de quem tomba. Não dormira bem nos últimos tempos.

Sem magoar o que pertencia ao mundo, a professora tomou seu pulso, até o menino corar. Percebia o perigo, o que se interpreta no gesto simples. E sendo isto o que mancha a vida, tanto instalava-se entre eles.

– Tudo que você pensar está errado.

O menino baixou a cabeça, com medo. Confundia-o o mundo que, embora aderisse à sua pele envelhecendo-a, dera-lhe formação imperfeita. Você ainda não é homem, apesar dos indícios, dizia-lhe a consciência. E nem os sinais sensíveis o comoviam. Pensava então que a professora conhecia os seus mistérios porque os dominara. E a cada descoberta, esta imprecisão o acompanhava. Como se nunca mais, desde que a vergonha o perseguira, nada abrandasse dentro dele. À professora ia submetendo a sua natureza, que embora audaciosa não sabia se empregar. Não que devesse à mulher desvendá-la, ou mesmo registrar na ação o que o atormentava nos músculos, os nervos expostos eram aptidões de quem se retesa no inútil, afobado ainda. Como até então a sua passividade fora resposta para a vida, passara a lhe pertencer.

Compreendia a professora o que o menino abandonava para segui-la. Mas não podiam se explicar. O silêncio acompanhara-os desde que se conheceram. Na aula inicial, logo aquele rosto inquieto. Teve medo de olhar, mas o menino a acompanhara, parecendo seu o grito de que precisava da vida. Àquela insistência, resistiu por muito tempo. Depois, porque se cansara, olhou também, com severidade, impressionada com a tristeza que o amolecia, embora suas convicções excluíssem piedade. Não se afastaria de um sistema cruelmente construído. Um dia, na rudeza habitual, gritou com o menino:

– Saia da sala, vamos.

O menino afastou-se sem compreender o castigo. Ficou sem aparecer alguns dias. A professora assustou-se. Chegou a discreta indagar dos colegas. Talvez soubessem. As informações, vagas, a aturdiram mais ainda. Foi à secretaria, entre tantas fichas decorou o seu endereço. Numa tarde, após as aulas, passou pela casa. O menino no jardim parecia ler. Olhou-o, detrás de uma árvore. Mas o menino, sem se mexer, não se deixou invadir por uma estranha. Algum tempo ainda aguentou a expectativa. Depois, o menino forte e resistente na leitura, foi para casa. E não conseguia dormir. Entregue à resistência, o seu corpo comovia-se.

Finalmente, o diretor chamou o menino, exigindo satisfação, notícias talvez. Ele apareceu, abatido. E da sua cadeira pôs-se a observá-la.

Distraída, a professora empenhava-se numa tradução poética. Esforçando-se embora habitual o exercício. A vez do menino responder, ela ignorou aquele rosto que parecia lhe pertencer. Seguro, a sua voz semelhante à voz de homem, modificada por uma nova convivência talvez.

– Uma mulher atrás de uma árvore.

E se deteve. A professora, sem coragem de corrigi-lo, desprendeu-se do livro, descobrindo no menino o esforço. E irritou-se, não com o seu conhecimento, mas com aquela segurança que avaliara os dias de distração e repouso para comprometê-la com o poderio que sua carne de menino já ameaçava. Depois, choveu. À saída, o menino não se mexia. Molhava-se sem lhe oferecer ajuda, o guarda-chuva fechado. Na porta do colégio, ela pensou, agora ele vem. Mas, inquieto, como pagasse uma culpa, deixava-se molhar. Surgindo o diretor, ela deu-lhe o braço, e já ia longe quando se voltou. O menino na chuva, até que a esperança de vê-la ainda o protegesse.

Numa assembleia, reunidos os pais e os professores, o menino parecia menino no tumulto geral, na vantagem de um pai que o protegesse. Quando o viu acompanhado, um mal-estar a dominou. Sentia-se velha e cansada, talvez por não ter quem a acompanhasse, ou por ver pais acompanhando meninos, aquele principalmente. Discutia-se a necessidade de mútua comunicação, havia embaraços de parte a parte. O pai do menino levantou-se, encontrando soluções nos problemas do filho, expondo-os todos.

Ainda falava quando o menino procurou seus olhos, a vergonha dominando-o. Aquele pai intransigente desnudara-o diante dela. A professora, que lhe dera severidade para que nada o perturbasse, ou alguma coisa ferisse o percurso da vida, teve imensa piedade. E também imaginou-o nu, semelhante imagem perturbando. Procurou desviar seus olhos, esquecê-lo, mas o menino a dominava. E não suportando a ideia de conhecer seu corpo com um conhecimento que a alcançava com a sua desfaçatez, sem nele participar efetivamente, teve ódio do pai, e um intenso ciúme. Raivosa, abandonou a sala.

No dia seguinte, não se falaram. Ela intensificando a rudeza, ele carregando a vergonha que um pai lhe legara. Uma tristeza tão afrontosa que ela ainda sentiu raiva. Todo seu ciúme, ainda não descoberto, apoiava-se naquele desamor. Deu-lhe notas mais baixas, o menino hesitava às questões propostas.

Uma menina, loura e curiosa, sentou-se ao seu lado, querendo lhe falar, nos recreios principalmente. O menino – o mundo o esmagava tão fatalmente que nem usava os recursos da conquista, o seu corpo queria a limpeza de a nada mais pertencer senão à sua hesitante e triste vontade – escapava-lhe, precariamente intuindo que assim devia proceder. Contudo a menina não percebia a fuga. E ignorava como avisar-lhe. Orientar a quem apenas se propõe nos conquistar. Ou ensinar no sentido de desistir. Como hesitava e ferozmente rejeitava, deixou que a menina o invadisse, porque mais forte do que ele era a sua outra luta.

Desde que a menina apoiou-se no menino, soube a professora a que conclusões se chega quando as pessoas se aproximam, já que se tornou impossível recusar o que via. Mas aquela imperfeição que orienta os primeiros contatos de amor parecia-lhe de uma sabedoria tão perigosa que não aguentou. Gritando ameaçou-os com castigo, enquanto proibia-os de se sentarem juntos. Compreendia ainda a professora que na menina o seu inocente olhar fosse já aquele de uma espécie que arduamente luta para se esquivar por não ser hora de olhar, quando tudo impede o esclarecimento, porque esclarecer é difícil, e há tantas coisas que em nome da humanidade nunca devem ser esclarecidas. Como sabia também ser crime determinar o amor num olhar que tudo fizera para proteger o seu íntimo segredo, chegando mesmo a se envolver na graça de uma grave indiferença. Dera-lhe o menino um olhar de gratidão e apenas este olhar, de vez em quando, acalmava-a um pouco, suavizando a sua maldade.

Houve uma visita na sala. Falava-lhes o padre sobre a alma, o corpo. Da necessidade de se evitar o amor quando tudo era despreparo para esta função. Incomodado na clemência do padre, o menino mexia-se penosamente na cadeira. Distraída a professora tudo acompanhava na sua infinita atenção. Ou porque o cansaço o sustentava e talvez o envelhecesse, o menino fixava a professora. Precisando olhar para disfarçar, ou para ser forte, ela finalmente o encarou. E teve medo. Todo o olhar que dele recebia, era um olhar de homem e pensou estarem num quarto, havia uma grande cama grudada à parede. Ele se aproximava e tal ímpeto dirigia-os que nem descobririam quem se dera primeiro, e por ignorarem qual deles abdicara de todas as suas condições com mais coragem, mais empenharam-se na luta de saber quem primeiro se extinguiria. E parecia-lhe, na sua visão, que se amavam com ferocidade, a despeito da invasão da pobreza do quarto, do suor que os emagrecia pouco a pouco, de perderem a noção do dia, apenas a fome a orientá-los dava-lhes o erro do seu frágil cálculo. Mas no amor e todo o seu engenho, não era o corpo do menino que a dirigia e orientava os nervos em dissolvência, e acompanhava a cara do menino. Muito pelo contrário, era o corpo do padre, alto e forte, que emprestara ao rosto do menino aquela disformidade desorientando-a e que no intervalo do amor dava-lhe medo, e como ele percebesse, naquele quarto, ter ela medo porque fazia-lhe amor com um corpo que não era seu, mais empenhava-se em tomá-la, para que no naufrágio nada ela enxergasse senão a sensação que aquele mesmo corpo enorme, não sendo seu, oferecia-lhe. Então, parecia à professora que, até no quarto, havia a irritante luta de não se apreciarem. O menino, que ela não visse o corpo do padre encaixado no seu rosto. A mulher, empenhada em não ser possuída, como prostituta, por um corpo que não sendo o do menino nunca poderia satisfazê-la. Certa de que apenas aquele corpo ainda indeciso, que não se enrijecera a ponto de controlar o seu com toda a sua habilidade, era o que lhe convinha. E como, apesar de odiar o menino no amor do quarto com uma grande cama encostada na parede, queria oferecer-lhe a sua incerta fidelidade, começou a gritar, enquanto ele, agora inexplicavelmente, pois antes estavam igualmente nus na cama, arrancava-lhe as roupas, rasgando o que a ele se opunha, até ver a superfície da sua pele, haveria de roçá-la como uma carne se descontrola naquela lassidão escorregadia.

– A senhora está se sentindo mal?

Todos se levantaram, viu-se estranhamente cercada, não sabia o que dizer. Suava, uma longa vida revelava-se no seu corpo, e o cansaço a abatia.

– O que se passou, está se sentindo mal?

Sempre repetiam. Trouxeram água, e ela desconhecia o que fizera, prejudicando a conversa do padre, o interesse dos alunos. Vindo logo depois, ao diretor contaram que de repente começara a gritar até tombar da cadeira, a cabeça para trás, o suor invadindo-a talvez no alívio. Compreendendo o seu desatino, teve vergonha. Primeiro imaginou-se sem roupa, depois que percebessem no seu furor origens estranhas. Com a dignidade que lhe restava, levantou-se, que não se preocupassem, estava bem, tão terríveis as dores na cabeça que nem impedira os gritos, iria ao médico, há muito devia-se esta visita. O diretor ofereceu-se a acompanhá-la, teria férias, com doença não se brinca, e depois merecia a consideração do colégio. Deu-lhe o braço, ela aceitando. Súbito, enxergou a cara do menino, o desesperado rosto que embora se esforce, ainda é menino, mas a expressão de homem que possuíra uma mulher, sobre ela exerceu direitos, pertencia-lhe como o seu corpo a tomara, conhecia-a como se toma as coisas do chão, leva-se para casa, e passam a nos pertencer para sempre. Via a mulher arrastada pelo diretor, de nada participando – pois entre eles se estabelecera uma íntima comunicação –, ele que a exaurira e a estragara com seu ímpeto de homem. Ressentia-se em não acompanhá-la, consolar a sua dor com o conhecimento que passara a existir, tão intimamente o pressentiram. Nervoso, afastou as lágrimas que ainda invadiam o rosto e parecia um homem selvagem.

Os dias passaram. Falou-se da professora, que se ausentara todos sabiam, o menino também, mas não lhe ajudava saber que abandonara a cidade, talvez não voltasse, porque também tivera vergonha, talvez se afastasse para sempre. Enquanto decidira-se pela severidade do rosto, o menino aguardava.

Agora que voltara e estavam juntos, e não se interpretara maliciosamente a sua ausência, aliviava-se como as pessoas solitárias no seu estranho equilíbrio.

Tudo que você pensar está errado, teve vontade de repetir, até que ele aprendesse. Mas se erravam em pensar, corrigiam-se na interpretação do que queriam. O menino acompanhou o seu andar. Jamais haviam passeado juntos. A professora e o menino. Andavam pela vida, como se anda pela floresta. Lentamente abandonava a professora a resistência daqueles meses. E pela primeira vez mantendo um diálogo, o menino falava-lhe do medo, das coisas, da paisagem. Ela respondia pacientemente, à voz imprimindo a suavidade que a envelhecia diante do menino. Compreendendo que um terrível sacrifício lhe seria exigido. Que já a dominava, porque apenas ela o compreendia, enquanto equipava o menino para possuir o mundo. E, se o engano orientava o menino, à professora garantia a limpidez de uma conduta moral.

Perguntou-lhe muitas coisas, o que realmente gostava. Sempre destruindo o passado que os unira, heroica acorrentava-se a um futuro ao qual jamais pertenceria. Sem que o menino percebesse o caminho doloroso que orienta uma mulher, e a elegância daquela brecha. Atingira a mulher uma tal suavidade, que afetados seus passos diminuíram, como se já fosse uma mulher gorda, nunca outro o seu destino. Embora conversassem, no seu precioso sacrifício ela envelhecia.

O menino agitava-se contente, quase dominando um corpo que, embora sujeito a novos crescimentos, finalmente já lhe oferecia certos sintomas contra os quais empregaria a sua astúcia Desvaneciam-se a espera e o desespero dos últimos meses. Gostava muito de chocolate, sabia? E a mulher teve vergonha de amar um menino que gostava de chocolate, como é vergonhoso, banhando-se uma criança, esquecer que nem se comprou o talco, proteção para a pele tenra sujeita aos detritos e às erupções. A seguir se acalmou, pois o seu destino se servia de uma coragem.

– Que mais que você gosta?

À medida que ele falava, aquele corpo, e definitivamente percebia-o um homem, embora inexperiente para amar, revelou-se desajeitado, perdendo a harmonia que ela sempre teimara descobrir. Aquele acúmulo de braços, pernas, ao qual sujeito ele não se dera conta, afligia-a, transmitindo-lhe a aparência de um corpo inconformado, e ainda a consciência que acompanha uma mulher que inicia um adolescente nas manobras da vida com cautela, sem feri-lo organicamente, poupando uma força destinada a tanta coisa.

No intuito de que finalmente descobrisse o mistério do seu rosto, até surpreendê-lo o longo engano, ela foi se dando toda, cedendo defeitos e sua vontade. Porque o menino ainda não dispunha de forças que compreendessem a integralidade de alguém a ponto de repousar sobre a análise que se fará feroz e continuar a amar. Desconhecia que se fazia necessário o vício para se apreciar as coisas melhores. Despreocupado, o menino errava os passos, mas ela, dolorosamente ferida, transmitia-lhe a imagem de quem não cuida das coisas corretas. Doía-lhe envelhecer diante dele, que fora um encanto e uma aptidão. Perder a aparência do amor era o seu sacrifício.

Esgotada a luta, separaram-se. O menino sorrindo. A professora não dormiu toda a noite, alguma coisa muito séria se decidia. Pensou, se amanhã na sala ele me olhar com o mesmo amor, trago-o para minha casa e me entrego a ele, será meu enquanto ele me quiser. Definindo-se, sentia-se segura. Lembrou-se do menino, no corpo que amava e precisava. Desejou apagar o feio envelhecimento teimosamente construído na véspera, para juntos conhecerem a vida, um menino ainda compungido pelo amor.

De manhã, foi para o colégio. Antes, pusera o melhor vestido, no rosto a correção da pintura abrandava as suas feições, e os olhos brilhavam. Atrasou-se até. Mas de cabeça erguida entrou na sala. Contrafeita e com medo. Sem olhar a mesa onde ele estaria, foi se habituando à vida, tudo que a invadia. Agora a felicidade se esclarecia, viu o menino, o seu rosto claro, todo o amor que a desfigurara por meses acalmando-a, sentia-se pronta a se dar a um menino, sem temor ou vergonha, sem pensar que o perdia porque se daria inteira, sem pensar em ter mais nada, depois dele.

Tranquilo na sua mesa, o menino sorriu para ela, causando-lhe inquietação aquele sorriso, quase nojo. Olhou-a infiltrando-se em seus segredos, não nas artimanhas de mulher porque isto a acalmaria para sempre, mas nos segredos vulgares que a cada homem compete desvendar, sem vínculos maiores, e a impressão, embora não a explicasse, aniquilou-a. E viu ao seu lado a menina loura. Ainda não se falavam, exatamente como antes, quando injusta os denunciara. Mas nem a justiça de que se cercava no momento esconderia o mundo que entre eles ia se esclarecendo. A professora não se iludiu. O menino não era mais seu. Aceitara finalmente a sua época, ela que o fizera assumir um tempo.

Procurou controlar-se, prender-se desesperadamente aos limites do quadro-negro. Afinal compondo forças, virou-se de novo, envelhecida, ou pelo menos convencida de que até isto lhe seria indiferente. E como percebeu que ia sofrer toda a vida, analisou lentamente todos os rostos, não que procurasse um outro rosto de menino que substituísse aquele que ela amava, mas procurando confundir entre tantos aquele rosto único. A professora compreendia que as coisas a abatessem, que o menino amasse uma menina.

A FORÇA DO POÇO

Levado para o hospital, ali ficou em repouso. A cabeça estourava no riso e na lágrima, expulsando a galanteria dos momentos amáveis. Parecia o corpo crescer esmagado contra a parede, tais os recursos que o impulsionavam contra as extensões brancas. Logo que o rosto tornou-se severo e a mancha das explosões fáceis o abandonou, os amigos suspenderam as visitas, e a família também.

Deixado sozinho, como animal perigoso. Após o prazo em que lhe permitiram aceitar ou recusar a vida, afinal apenas exigiam-lhe um pronunciamento razoável, foi jogado numa fazenda onde homens armados olhavam por ele. Nem teve tempo de testemunhar ou levar com ele as pequenas vantagens dos objetos que ajudam a compor o equilíbrio. E a cada passo que dava, perseguia-o o barulho inocente dos guardas em vigília. Habituou-se àquelas presenças que não somente lhe davam comida como faziam-lhe companhia. E incapaz de explicar que se desejava só, porque seguramente não o obedeceriam e porque ainda se visse torturado pela fatalidade da solidão, calou-se e nunca mais disse uma palavra. Os guardas comemoraram aquela desistência entre alegrias e pequenas orgias.

Ia o homem emagrecendo, os ossos desenhavam a sua aparência descarnada que nem um imperador, em cuja luz principia a autoridade do seu olhar suspenso. Comia sem fazer barulho, e tomando banho punha sempre roupa limpa. Os guardas aprendendo o jogo de cartas, esqueceram-se de vigiá-lo. O que lhe significou uma relativa independência. Libertava-se à medida que aqueles homens criavam uma paixão. Ao mesmo tempo confundia-se sempre que os descobria distraídos. Enervando-o a obrigação de apreciar as coisas numa súbita vivência.

Certa vez, trouxeram-lhe uma mulher, para descobrirem suas reações diante da urgência da carne. O homem olhou-a intensamente, e porque aqueles seios teriam sido joviais num dia desta vida campesina, acariciou-os. Mas não aguentando suportar a técnica que a sua natureza impelia à perfeição, jogou-se na cama, escondendo a cabeça no travesseiro, indiferente aos risos e à perturbação da mulher. Foi tão inesperado aquele comportamento que tiveram que retirá-la à força, pois que não podiam lhe explicar a sordidez de uma resistência. O homem ali ficou por uma noite e um dia, molhando a cama quando se fez necessário, mas resistindo, evidenciando coragem e o seu direito.

Nunca mais os guardas insistiram, ainda que rissem do ridículo por que ele passara. Retornaram às obrigações diárias onde o espírito do homem não podia caber, sem que percebessem o quanto dependiam da sua vida para também viverem. Por sua vez o homem não desconfiava que eles ali estavam por sua causa, e que se deviam uma certa amizade, embora a precariedade dos sentimentos. A natureza selvagem do homem desconcertava-se diante da obediência que lhe prestavam, conquanto a habilidade objetiva dos que empunham armas, sempre que ele se submetia.

Sem que qualquer deles percebesse esta aliança, e o perigo de uma reflexão, o homem possuía o equilíbrio da rocha pronta a se desprender sobre o abismo e se aguçar na multiplicação da queda. A princípio esqueceram de trocar a roupa da cama, e acabando o sabonete nunca mais o repuseram. Assim foram as coisas desaparecendo após terem sido consumidas, sem que eles notassem, tal a intensidade da alegria que produziam quando depunham as armas na distração do jogo.

O homem apresentava-se sujo, barbado, e desleixado. E os dias eram bonitos, lúcidos e bravos na fazenda de homens e de escravos. Agora consentiam que ele passeasse pelo jardim, sem que o observassem. E se por acaso o surpreendiam, confundiam a mobilidade do seu corpo com uma árvore em ligeiras ondulações, disposta a voragem do crescimento. Como o homem fora domado e perdera certos hábitos, ainda não compreendera que desfrutava de um privilégio que antes lhe negaram, porque já não podia aceitar a intensidade das horas mais longas. Ali ia ficando, magro e resistente. Também ignorando os homens e suas espingardas, seus olhos quase a se fecharem pelo deslumbramento do sol. Habituado a viver no jardim, passear pelos seus campos, esquecendo de retomar à pequena cela de cimento que lhe haviam destinado. Também os guardas descuidavam-se em apanhá-lo, para abrigá-lo da chuva, ou para se prevenirem contra uma possível fuga, a tal ponto o prescindiam.

Foi se instalando do lado de fora como os outros instalaram-se do lado de dentro. Após trocarem dívidas tão fortes, permutaram seus direitos. O homem detendo-se ante a conservação dos objetos na sua grave imobilidade, à procura de alguma coisa que lhes desse agitação, esta espécie de sopro restaurando qualquer dependência. Perturbava-o a aparência do silêncio, e pressentia que um sentimento raro haveria de ampará-lo quando atingisse a descoberta, já que nada mais aceitava depois dela. Já compreendendo o uso da força para espatifar o objeto. Ainda que contivesse delicado os fios do corpo retesados sob a ameaça do rompimento. Colhia uma castanha ainda protegida pelos espinhos, uma fruta tombada simples, e lançando-os para o domínio do espaço, dependia de sua vitalidade para aguentar o ritmo exaustivo e abundante daquela contemplação. Escavava o mundo e seus mortos na raridade do seu medo que se organizou por dentro e deu-lhe forças. Mas, magro, sujo e abandonado, esforçava-se imprecisamente por atingir a vida anterior ao hospital, distante da fazenda. Surgiram-lhe tantas dores de cabeça, que seus gritos interrompiam o jogo dos homens armados. Vinham eles grosseiros dizendo palavrão, após a desonra das partidas vencedoras. E o ameaçavam. Até ver-se novamente sozinho, o homem suava e tremia, sem defender-se. Logo que os jogos recomeçavam, ele acalmava-se, cumpria a obrigação da comida e a mansidão de quem tombou numa estranha hibernação. Da qual saía em litígio, alguma imagem violenta, na sua marca de sangue e fogo, abalando o corpo, degenerando os nervos.

Antes de qualquer amor, os guardas já lhe tinham raiva. Mas dada a pobreza da manifestação, despreocupa- vam-se com a gentileza de um sentimento. Agradava-lhes aquela vida, bem nutridos e armados. Até que os gritos do homem atingiram uma perfeição periódica e a voz rouquenha dispensava socorro e irritação. Nem mais o procuraram, para analisar os excessos de uma vida, ou a mordida de uma doença levando alguém para sempre.

E por eliminarem dificuldades como se descartavam das cartas de números senis, a vida na fazenda atingiu a simplicidade.

Só o homem, afundado no medo e nas lembranças, agora intensamente observava o poço e a dimensão incalculável de suas águas, em busca de uma correção. Ali prostrava-se até escurecer, olhando além do que podia suportar, tal a voragem do espelho refletido e a intensidade do seu cansaço. Tanto aprofundara-se a sua inclemência que distraído esmagava animais e plantas pequenas, expondo a pele a contágios iminentes, premido pela limpeza de um mundo disposto ao perigo. Ao simples olhar pensava separar as águas, dispersando a leveza dos instantes iniciais. Após o truque desta existência não lhe bastar, e intensamente o corpo exigir atividade, apanhou uma lata dirigindo-se poderoso para o poço. Recolheu sua água até a borda da lata, indo a seguir até um grande quadrado, cujo fundo, de terra seca e bem pisada, onde outrora os animais aguardavam a matança coletiva, ali atirando a carga. Repetiu o trajeto e a façanha inúmeras vezes, sempre despejando o líquido naquele limite, memória de sangue e gritos.

À medida que se disciplinava, e o gosto da morte difundia-se transparente na determinação a que a sua espécie se empregava, ia impondo um ritmo ao trabalho. Mais ágil, a distensão necessária, o corpo recolhia a água, o rosto raivoso admitindo uma função no trabalho, a delicadeza de semelhante transporte, enquanto a terra extravagante do quadrado arrebatando tudo, mal a água tocava-lhe o fundo, e vendo perdido o seu esforço.

O poço como que imperturbável com a sua imensa possessão. Após horas de trabalho, nem o seu nível se alterara nem o quadrado de terra apresentava-se molhado. Tanto em um como no outro, não se sentia a diferença. Ao contrário, no poço, sempre que suas mãos alcançavam a água, de um lado para o outro generosa e crispada ela agitava-se como se houvesse crescido após aquela invasão. Embora severo alcançava o alívio que a vida ainda lhe oferecia, na compreensão de um destino. E porque nenhum outro mundo de promessas haveria de libertá-lo do nojo paciente que descobrira e que já não mais partilhava, acorrentava-se ao trabalho. O cansaço após a criação das coisas graves, e ele mal equilibrava a pequena lata cheia até as proximidades necessárias.

Ante a violência da noite, e por mal enxergar, interrompeu a sua missão. O seu corpo de tão encharcado pelas sobras, parecia ter se tornado o buraco a que a água se destinava. Naquela noite dormiu agitado, tanto tinha que fazer, e já não podendo perder mais tempo.

Pela manhã, mal tocando no pão e no café postos à sua frente, vivia o mesmo pesadelo. Assim foi por semanas. Embora manhosa a terra absorvesse a água, a verdade é que em sua superfície criara-se uma lama que ia se tornando o triunfo do homem. E a altivez do poço, como que esgotada, não lhe parecia a mesma.

Depois, dispôs-se o homem à consolidação daquela angústia, quando dos primeiros progressos e sua tenuidade. Passou a organizar o universo, e só a chuva o perturbava, mas até a isto habituou-se. Apesar de as suas águas enriquecerem o poço, estragando-lhe a devoção de meses, ele já pusera esperança no mundo que acumula coisas tão frágeis para se disciplinar.

Emagrecia e enfeiava diariamente, e os guardas não olhavam o seu rosto uma única vez. Mas ele não se importou. Ia conquistando paciente a liberdade através da sujeira e da fragmentação do corpo. Restava-lhe agora desfrutá-la. Sim, o homem se aperfeiçoava, a despeito das dificuldades.

MIGUEL E SEU DESTINO

As raízes do corpo como que fixas na terra, uma natureza estranha dominando-o, para que ele aprendesse. A respiração crescendo na pele, a indiscrição do nariz, o corpo sem dominar o próprio exagero. As denúncias do mundo impondo obrigações, que só a raiva acumula. A roupa suja de terra.

Apanhou a faca, deslizando-a pela mão. Perseguiam os olhos qualquer frescura que ainda protege o corpo alheio. Andou igual a velho, o tempo contado. Só sua firmeza traindo lucidez.

O corpo era a restauração da forma, o seu esforço. Invadiu-lhe o rosto um sorriso mal esboçando a esperança. Depois o organismo em pé de guerra, enquanto a dureza é harmonia de troço humano. O homem cumpria a guerra, e deteve-se no rio. Entre dedos a água teimosa escorria, pegando sobras. Não consumia raiva, fome ou sede, já que outrora as tivera intensas. Embora o esquecimento, os detalhes do estômago encolhido mastigando raízes quando apenas o pão é a compensação que afasta a análise.

O vigor do olhar condenava a quem quer que ele escolhesse, decisão sobre a sorte cessando o existir. Pressentiu a brevidade da sua força. Meu Deus, se quiser eu posso matar. A redenção ressaltou o seu rosto, porque dispensava a desonra de ter-se unido a um outro homem para matá-lo. Servia-lhe de pretexto a solidão áspera confundida com os mistérios desta vida, a fatalidade de uma exigência que nem se detém diante dos gastos que a precisão de uma faca expulsa. Já que uma ordem cumpre-se com violência. E atingindo a consciência das coisas supunha-se com direitos. Ao mesmo tempo envergonhava-o um poder só agora descoberto. De não perceber que a ilusão daqueles instantes testemunhava um longo tempo perdido.

Ensaiou o canto para que não o acusassem de matar em estado de ódio, um assassino qualquer que aniquila porque hesitou quanto ao significado da vida. Embora a crueldade não bastasse, a vida suavizava-se sempre que a corrompiam. Não se embrutecia querendo provar vocação que empunhava faca rasgando intestino de quem exala cheiros fortes, até então protegidos. O corpo do mundo brilhava, porque cuidando da limpeza lavava-se as partes delicadas dos meninos. Mas o seu trabalho nem a água limpava, ou o sabão. Ia libertar, de cada homem que se envergonhava do que guarda dentro de si, o seu cheiro feio.

Irritava-o identificar um homem. Como se partilhassem o mesmo leito. Espécie de sabedoria que envergonha. Também concebera em mulheres distraído por não poder pensar que fez um filho numa hora em que fazer um homem impede de matá-lo mais tarde. Naqueles instantes, não podia admitir o que a barriga de uma mulher expele, de outra maneira perderia sua casa, porcos, vaca, faca. Nem o perdão das mulheres em cujos ventres introduzira-se, representava alguma coisa. Habitara porões e os iluminara. Isto devia bastar.

O homem que afastava os obstáculos, porque uma missão a se cumprir obscurece o que os outros ainda julgam essencial, foi pressentindo uma liberdade maior. A faca protegendo-o da desistência, era o poder. E devendo mutilar, afinar-se à perfeição de um instrumento, experimentou numa árvore a sua agilidade, descascando seu galho, tenro como perna de menina que de repente, não sabendo o que fazer do seu mistério, fica mulher, sagrado o seu sangue escorrendo pelas pernas, que vai ser a sua riqueza. Imaginou o galho sendo o nervo da árvore, só que mais gordo, um nervo exposto que desmorona impérios de carne.

Recordava o porco abatido semana passada, escorrera a gordura sobre o couro chamuscado. Decidira-se naquela hora. Primeiro compreendeu que a carne do porco refletia a sua tarefa, porque o cuidado que pusesse nas coisas do mundo surgiria na terra, a agitação no solo é o seu modo de se organizar. Depois, sempre que o sortilégio da vida enfeitava frutas e homens, a morte e o castigo faziam-se necessários, e assim ia se enriquecendo a sua casa.

Mastigara sua carne, apenas os olhos selecionando, e após distribuir o sal, o seu comer fizera-se farto. Pois não deve um homem comer sem se orientar, o que lhe permite controlar a degustação. Escolhendo o sal, que se fez uma cerimônia, melhorara a vida. Enquanto não se estabelece o rito, jamais se chega a matar, e o sangue era a compreensão do seu Deus.

Avaliando perigosamente a vida, sentia-se satisfeito. E se bem alimentava-se antes de matar era para jamais sentir-se atraído pela carne de um outro homem, que é a defesa de uma certa fome que nem permite recusa. Devia executar, mas sem molestar o corpo assassinado, seu sangue atraentemente obscuro, embora breve cheiro o contaminasse.

Não surgira à toa a sua mania, ou sentisse esta paixão porque não pudera controlar uma vida decente. Mas, de muito longe, através dos detalhes que a memória afugenta quando se decide. Conquanto mal percebesse se aguentaria as imposições viris de uma vingança, dele dependia qualquer ação, pois que também muita gente morrera ocupando terra que nunca fora sua, apenas em nome de um fanatismo. E depois só a impaciência das mãos estranhas, que não se importam de ferir porque jamais escolhem a zona do corpo onde menos propaga-se a dor – executa o crime necessário. As mãos fraternas de tanto liberarem afugentam a paz, revestem-se da leveza que exclui o objeto do seu amor de qualquer análise, temendo perdê-lo ou temendo verificar que já não mais o estima. Aquela intransigência de quem, embora ressinta-se com a sofreguidão do grito, controla a repercussão do seu som.

Após aquele trabalho, nunca mais se ocuparia com as coisas do mundo porque elas para serem entendidas exigem esclarecimento. E nem sua vida bastava para esclarecer este mundo, nem mesmo a sua matança. Precisava consagrar-se à violência do sangue, porque em torno agia a sua morte. Mesmo sua carne não bastando para alimentar a fome dos homens. Porque não viera para outra coisa senão compreender a sabedoria do seu breve erro. A única correção que realizava na vida, que não o impedia de errar, mas que portanto errando era a solução para gente da sua raça.

Quis-se grosseiro ao longo do dever, molestando as superfícies que mais dependiam de proteção. Estragava árvores, plantas, animais. Sempre em nome do seu presumível erro. Depois que vasculhara as hortas do povo, e ultrapassara a linha do rio que fluente dominava o vale, pensou talvez agora eu compreenda o erro que ninguém sabe ser a minha convicção. Persuadia-se pela força daquela tarefa como devotava-se ao trabalho quem a despeito da aridez da terra nela investe suor, porque pior a fome que não tentou suprir-se do que a miséria que jamais concebendo fartura ainda assim prossegue no trabalho.

Estava escuro e ninguém sabia que um homem ia morrer. E como um homem que ia morrer desconhecia que um homem ia matá-lo, gozava de um conforto que nem uma carne de mulher ofertava a despeito das fricções que fizessem na secura que o mútuo conhecimento experimenta compensar. Arrebato de coisa viscosa escorrendo pernas abaixo, uma fartura de homem cuja urina também é riqueza para terra, porque investe-se sangue na sua composição. Breve explicaria que matar quem devia morrer, não se tornara a desculpa de quem não conseguiu ser homem nas horas mais necessárias à vida. De nada disso podiam acusá-lo. Pairava sobre ele a inocência.

Escolheu uma casa, sem decidir-se pela sua grandeza, mas pelo cheiro que ocupa as coisas de um homem. Exigia de quem morresse em suas mãos a fortaleza que além de gerar filhos joga um homem na sua cama com a roupa suja do trabalho, desprezando luxo. Porque impiedoso iria analisar o destino que se depôs a seus pés. Para que nada diminuísse a sua vida futura. Já que ainda dependeria da coragem para se aguentar depois. De outro modo teria medo e só a guerra ocuparia o seu corpo. Meu Deus, se tudo sair como preciso, para ele e para mim, eu ainda cuidarei da terra, dos animais, da criação das Tuas coisas.

Com a naturalidade que sempre dispensou às colheitas, entrou na casa. Talvez os animais dormissem, afeitos ao sossego. O silêncio e o receio de ser apanhado como um ladrão qualquer. Já não escolhendo abriu a última porta. Só a escuridão embaraçava os passos. E nunca mais selecionaria um amigo.

Aproximou-se da cama, a mesma resolução com que invadira tantos leitos que jamais lhe pertencendo passaram a ser seus. Fora sempre necessário avançar, desproteger a vida dos outros para que compreendesse as coisas, formando sua vida a preço da desordem que ia causando. Mediu pelo volume uma forma humana, e nesta forma o homem enterrou a faca.

Um grito horrível dominou o quarto. Ninguém, além daquela forma estrebuchando, a faca perdida em qualquer parte, corcoveava sua mão após a secura do golpe até firmar-se, estável é o cabo do punhal enterrado numa carne dando acesso, rachadura por onde o ímpeto do sangue se esgota – ninguém mais denunciou sua presença na casa. Empunhando o cabo sentiu o líquido viscoso, molhando tudo. Com a outra mão foi alisando aquele corpo, o sangue borbulhava como de gente viva. Mais calmo, a emoção violenta já extinguia-se, de novo o homem raro que molha a terra até vê-la prosperar, que era seu destino. E como uma missão não se extingue após a matança, prolonga-se para reconhecer na cara do morto a extensão do seu erro que é a qualidade essencial de um homem, ele aproximou-se do corpo que é o único limite da morte.

Acendeu o fósforo, descobrindo uma vela, onde implantou a chama hesitante até que a firmeza da vela absorvesse a claridade, e fez-se a luz, pequena, é verdade, mas quanto bastava para se apreciar um homem morto.

Na sua majestade feia e arrogante surgiu ele iluminado. A aparência monstruosa de um homem torto, não pelo horror da morte e o estertor necessário de quem ainda reage, mas um corpo comido de feridas, pois no peito descoberto elas ameaçavam ocupar tudo, nem o rosto salvando-se, uma coisa podre em que o pus era a única decência de tanta calamidade. Tremeu diante daquela coisa extinta, que jamais vivera antes da sua mão assassina. Mas não quis se poupar no momento difícil da vida. E porque o engano faz parte da retidão, até mesmo numa superfície ameaçadoramente lisa encontra-se de repente uma cavidade onde o punho não alcança, nem o seu corpo, o corpo de muitos homens, ou de todos os homens empilhados uns contra os outros, como montes de areia. Analisou detalhadamente a coisa feia que esmagara. Podia ter sido uma barata, se não fossem os olhos abertos, como de um homem que ainda teve tempo de acordar para saber que ia morrer, ou que ainda os abriu na tentativa de descobrir quem ousava aliviá-lo daquela coisa feia que se grudara no seu corpo, onde o universo da ferida era o seu pão diário.

Sentiu uma imensa piedade pelo absurdo daquela pele arrebentada, sem a necessária defesa, aquele homem podre que nada tinha a perder senão o sopro, a respiração com cheiro e pus, o seu domínio. Depois de ter vivido aquela intimidade sufocada por feridas, apenas os olhos libertos do horror em que se tornara, nenhum homem podia viver em paz. Aquele ato consumia a sua vida.

Delicado puxou o lençol, cobrindo seus restos. E foi descobrindo que o sangue do morto era a sua limpeza. À luz da vela, o pus tornara-se o caminho do leproso.

O seu medo não era de se contaminar com aquela doença, mas tão somente de passar a analisar a vida através de suas feridas, na fraqueza que um homem doente carrega no corpo, os nervos debilitados pela contínua esperança de um dia recuperarem-se. Porque a sua dureza jamais permitira exigência, cura, ou ilusão. E matando um leproso, cuja visão expulsa a paz que os dias no campo exigem quando a colheita transborda, que jamais concebera numa mulher, cuja pele sendo a preparação de um ventre que vai crescer, repele o nojo e a audácia daquele tipo de carne – a indiferença, que é a lição do matar, tornou-se o seu sacrifício. Um homem sem sonho, transigente com as tristes benfeitorias da terra.

Envelhecimento é o que sentia, abalando o organismo habituado às dificuldades. Afastou-se, e nada mais importava. O vento haveria de anunciar tudo. Desligara-se dos perigos, da grande aventura da vida

A VACA BOJUDA

Não era bem um enterro, mas uma simples cerimônia. A família relutara, mas exigindo seu comparecimento, ele impusera uma autoridade tantas vezes contestada. Agora, dentro dele corria aquele esforço que desvenda a vida, tudo se esgotando na dor.

O animal fora transportado com dificuldade. E se havia escolhido aquele lugar, é porque ali precisamente conheceu a natureza da sua espécie.

Contanto a mulher resistisse, você está ficando louco, o que dirão os vizinhos – com a ajuda do filho mais velho abriu a grande vala, embora com a doença, o animal emagrecera. Ainda assim, muita terra se fazia necessária para cobrir aqueles chifres. A sordidez de um espaço que os seus braços ainda podiam lhe garantir.

– Agora, me deixem.

Após dispensar a tentação do mundo, olhava a terra fofa, remexida para proteger. Como abandonaria Malhada, se os bichos viriam comendo os restos, e a carne recente repartida dentro dos bicos para entranhas desconhecidas, tombada ali e fora, só mágoa perturbaria seu sono, quando pensasse. Ligado a Malhada por tantos mistérios, retalhos domésticos eliminando significado, que só ele no entanto entendera. Teve que ser assim, de outro jeito a troca não se faria, e jamais assassinar com amor e hábito um companheiro de vida, que é o jeito de se possuir para sempre, era morrer capitulando.

Nem vira Malhada nascer. Comprou ainda pequena aquela aparência boba, que nem se elucidara, no mercado distante da casa. Escolheu distraído, como quem se cansou de apreciar coisas vivas, amarrando a corda em torno do pescoço, os cotos de coisa dura por nascer furavam a cabeça. Chegando a casa, um grande espanto denunciava o nascimento do neto.

– É menino, pai. Veio lhe dizer aquele homenzarrão que se pensava dono do pai que o concebera. Embora a paternidade recente acalmasse a sua rudeza habitual, lamentou o filho, e acalmou-se com a ideia do neto. Ia se reduzindo o seu caminho, tanto se esclarecia o mundo. O diálogo extinguiu-se como um ato de acomodação, e esqueceu o animal exigindo cuidados, e o neto que já perturbava o ritmo da casa. A sua sabedoria excluía bons sentimentos.

No pasto, lá estava ela. Comendo grama, sua fragilidade desconhecia a quem passava a pertencer. Fumou seu cachimbo, pensando no que se adquire para se pôr a crescer. E assim ficavam longo tempo, um perto do outro. O homem entrando no crescimento do animal.

Quando dependeu do touro do vizinho para o cruzamento de Malhada, confundiu-se, nem sabendo agir. O que não se justificava. Afinal pedido tão inocente para homens da terra que acumulam o hábito de ceder de parte a parte o que força o crescimento. Conduziu-a com a vergonha de quem leva filha para receber filho de um anônimo, emprestasse aquela carne querida para a indolência desconhecida de quem procria. Malhada era inocente, e ele disfarçava o embaraço.

Diante do dono do touro que ia fazer bezerro em Malhada, escondeu aqueles caprichos. Mas analisando com raiva o touro preso no seu cercado. Ainda disfarçando, pediu auxílio ao vizinho.

– Chame um empregado, estou com dor de estômago e vou me aliviar um pouco.

Cuidou-se mais do que o necessário, minucioso calculando o tempo. Quando voltou, dócil como quem permite o uso, Malhada estava pronta. No caminho, o homem assobiou, fingindo ignorar o animal. Medo de perceber alguma coisa visivelmente alterada. O que faria acaso descobrisse a ferida – não o que se pensa mutilado requerendo cuidado, mas que se faz para tal destino e por isso mesmo se ressente. Quis dizer: viu, Malhada, você não sabe que sou seu dono e é por isto que este ato me perturba, se você soubesse era fácil explicar porque permiti, mas a verdade é que sempre se ignora que alguém nos possui. E esforçava-se, jamais alcançando a clareza uma vez que a dispensara convivendo com a terra e seus frutos sagrados.

Até nascer o bezerro, ignorou a sua prenhez, a trepidação da barriga. Toda culpa era sua, da violência consentida. Tinha pena do bicho, que só a amizade justificava. A consciência que utilizava, na sua medida e transparência, para julgar as pessoas da casa, passara a empregar em Malhada, e mais intensamente. Ela tornara-se o alívio dos seus segredos. Embora a aflição, tantas vezes confessava-se diante do animal.

Quando o corpo da vaca se engrandecera, esticado para os lados, ele finalmente correspondeu à vitalidade daquele crescimento e passou a aceitar as coisas em seus devidos lugares. Acomodava-se na dor que Malhada sofreria. Pois havia nos objetos um ponto de luz à medida que se aceitavam. Ele vigiando a brevidade daquela opulência, ela muda comia devagar, os olhos tão tristes, uma melancolia aguda extraindo qualquer culpa. Como todo animal aliviado, próspera a barriga se alimentava.

Interrompendo a sua paz o neto mais velho perguntou: – Bonito é uma vaca, não é, avô?

– Bonita sim.

– Tão bonita que a gente tem vontade de comer.

– Comer o quê, menino? – Irritado olhou a cara do neto, aquela avidez que corrompia a sua velhice.

– Qualquer pedaço. Mas eu tenho pena, por isso desisto. Avô, Malhada é uma vaca bojuda, não é?

– O quê?

– Uma vaca bojuda. Uma vaca que cresceu tanto que de repente pode se transformar em outra coisa.

– Ah, você quer dizer que ela brevemente dará uma outra coisa.

– Quase isto. Vaca bojuda, mulher bojuda, cachorra bojuda, não é tudo igual? Ficam tão grandes que dão impressão de não pararem nunca, mas eu acho bonito. Tudo que cresce é muito respeitável.

– Quem ensinou isto a você?

– Eu descobri. Só falei bonito porque coincidiu.

– Coincidiu?

– O que eu pensei com o que eu imaginei.

– Ah, sei.

– Por exemplo, o senhor pensou se a Malhada tivesse pintos?

– Pintos!

– Tudo que saísse dela saísse em pintos. Quantos pintos a Malhada teria?

– Que bobagem, onde já se viu uma vaca ter pintos!

– O senhor já perguntou a Malhada se ela preferiria ter pintos?

– Não.

– Então procure saber para depois zangar comigo.

A fisionomia do menino foi se acalmando enquanto afastava-se. O homem não perdeu a coragem, procurou esquecer o neto com a mesma dureza de quem esquece outras coisas, que já importaram.

Na hora de nascer o bezerro, o trabalho paciente se fez em Malhada. A baba da boca inundando-a, como o sangue a inundaria quando aquele peso acabasse de deformá-la. A mulher e o filho o ajudaram até que a coisa gelatinosa apareceu, imunda, já num salto vital pondo-se sobre as indecisas pernas, como se na barriga da vaca bojuda – aquele neto que inutilizava as expressões como deformava com o canivete a aparência dos galhos – há muito estivesse de pé, passeando nos gramados do mundo.

Com o tempo, Malhada habituou-se àquelas incômodas maternidades, o bichinho ao lado esvaziando-lhe o ubre, a precisa abundância do líquido branco que faz até manteiga, uma esplêndida natureza inclinada à fartura enquanto repelia qualquer desperdício. A força do animal estendia-se ao bezerro, e ainda assim beneficiava os homens.

Uma tarde, naquele mesmo pasto, aproximou-se de Malhada. Analisou-a com toda audácia, como quem breve vai se perder e se detém para descobrir até que ponto se salvou, o quanto compreendera alguma coisa que se deixou possuir. Sempre mais cansado, percebeu uma brevidade na vida, tão breve que o tempo do homem se conduzira segundo a ação do mesmo homem. Exigindo a dignidade da análise para compreender o mundo, sua vida que se apoiava na convivência diária com um animal. Obrigados à mútua contemplação, afinal, perceberiam qual deles deixara-se mais facilmente explorar.

– Aqui, Malhada.

A vaca aproximou-se, um equilíbrio amansava os nervos que aflorassem no andar. E o homem e a vaca olharam-se. Embora a sordidez das coisas, qualquer empenho haveria de esclarecer o que nem a pujança de uma amizade conseguia alterar. O homem devia-se uma exaustão dolorosa para compreender um amigo. Uma pausa vigorava-os. Examinava aquele animal que lhe trouxera prosperidade, nunca a revolta da sua espécie, e que lhe pertencia sem que semelhante posse aparecesse em chagas no seu corpo. Ignorava se o animal cedera ou ele inclinara-se ante os hábitos necessários para aquele animal.

– Agora, Malhada, vamos saber por que me habituei a este seu corpo acomodado, é preciso que eu compreenda a natureza desta estima.

A compra de um animal era uma serventia, uma vez localizado o seu benefício tranquilamente devia se esclarecer o que existe entre uma vaca e um homem. Mas, à medida que aceitara o pequeno animal e ele crescera, o homem também suavizou-se como quem após o cansaço estica-se na cama, livre das aberrações que certa espécie de trabalho sempre incute, livre da vida que o distingue sem a menor seleção. Então toda a aliança do homem e aquela vaca teria sido a mútua contemplação, e os tempos passam? Mais ia se isolando nos olhos da vaca, à procura de soluções amenas. Escancarada a sua boca e a gravidez trancada do bicho. Era feia, uma vaca, e tacitamente reconhecia. A disformidade do seu lombo, os chifres agudos que nem utilizavam a ferocidade da sua forma natural. O homem disse:

– Também uma vaca é covarde?

O animal ao lado do dono, entregue à análise que se fazia.

– Tão covarde que aceita a minha animosidade, foi assim que eu a compreendi?

Logo a brevidade do dia, e o homem contentava-se com o que elimina o perdão.

O homem falou, o que nos une é a sua idade. E tranquilo quis o repouso. Mas nem isto bastava para quem queria tanto. Mais do que a idade consagrava o convívio a segurança do animal, que aceitava toda e qualquer terra para se alimentar. A mansidão que analisava era justamente a que se instalara na sua pele, no seu tempo de homem. A semelhança do homem com aquela vaca era o companheirismo disforme dos que se igualam na penosa luta. Acariciou a cabeça do animal que tombou docemente em obediência.

– Não quero nunca mais a sua obediência.

Como quem se instala no conforto, o animal nem se moveu. O mesmo olhar triste perdido atrás dos montes. Irritado, expulsou aquela cabeça. Rebelando-se, não com o animal que gozava no corpo a satisfação do sofrimento, mas com a vida que o unia às coisas, àquela vaca trazendo-lhe o engenho da hesitação. Diante dos olhos penalizados da vaca, teve a amarga alegria de se descobrir unicamente olhado. Todo o olhar da vaca, como a sua intensidade, dele não se desprendia, ele era toda a causa universal de um animal. Um soluço apertou o seu mundo, e soube-se unido ao triste bicho, cuja solidão encarnava a sua. Congregados no tempo, a mesma velhice obstinava-os. O couro da vaca enrugado, prenúncio de uma doença a abatê-la, e a pele do homem facilmente irritava-se, não que apresentasse ferida, pois era o destroço ostentado pela vaca, mas um tecido sem erguimento moral, perplexo diante de poderes tão plenos. Os netos distribuíam-se pelas terras, também a vaca distribuiu tantas coisas, até esterco fora esplêndida atuação, seu humano desempenho.

Irritava-o saber-se dono de quem, não pressentindo a posse, deixa-se dominar pelo olhar, a única virtude da entrega. Depois, foi se apaziguando. O abandono da gente velha, que mal resiste. Tudo nele tombava, o sexo também, nunca mais faria um filho. Por sua vez, a vaca também não albergava carne nova.

Com o tempo, cessaram o exame. Invadia-os o querer de quem não se move. Era a compreensão. E a vaca teve que ficar doente. Reconheceu o homem aquela serventia e fez o jogo com a morte. Fingiu não ver a doença invadindo aquela carcaça, os ossos salientes eram a doença que se instalara dentro. Severo o homem lutou para que ela morresse em paz, a liberdade da vaca não extinguisse a sua.

Quando o filho sugeriu a morte do animal, duro ele escondeu o rosto. No jantar, apesar da fome, comeu de forma diferente. Abandonando o barulho dos troços mastigados, comia elegante, sem a gula interferir em sua operação. A mulher olhou os filhos, as noras, os netos. Uma comunicação descobrindo arrogância no pai. Mas ele não ligou, conseguia esquecer a agressividade e a pujança da carne do repasto comum. Após o que retornava ao estábulo, onde a vaca pusera-se discreta a morrer.

Até que morreu. Então enérgico o pai notificou à família:

– Todos irão enterrar Malhada.

Ignorando a reação provocada. Satisfazia-se com a aparência esquiva daquela obediência.

Bem pela manhã, iniciou-se o trabalho de remoção. Magrinha que os ossos apareciam, nem por isso Malhada ficou feia, feia sim porque fatal era a sua aparência, mas a espécie de beleza que acompanha o sofrimento, tanto os chifres expressavam, pontiagudos limpando o céu. Arrastaram o corpo pelo chão até o carro de madeira puxado por outras vacas poderosas, que lhe eram indiferentes. A poeira enchera o seu coração, e compungiu-o aquela cicatriz de terra, último trabalho engenhoso de Malhada, a vaca amiga. Levada então para o pasto onde, perdidos entre reflexões, reconheceram as coisas naquele legítimo obscurantismo de acender vela na escuridão: no início o escuro, as sombras são o contorno do que se revela e se aprende.

Escorregando dentro da vala, o animal lá ficou. O homem fora cobrindo, que tudo sendo feito de terra nem precisava selecionar. Velando para sempre a suavidade daqueles chifres reservados para a paz.

A família deixara-o como ele pediu. Ia ali ficando, até se esgotar. A partir daquele instante acompanharia outros animais, permanecia a mesma a sua tarefa, menos seu coração, a sua tranquilidade do homem que também pode morrer.

ROSTO UNIVERSAL

Uma gravidade de pedra, o seu silêncio também. Despojou-se das roupas, olhando o próprio corpo como se ele fosse uma ameaça. Depois, na cama, aguardou a dormência dos nervos, daquele ímpeto dominando-a sempre que ultrapassava qualquer ousadia. E então pensou: a verdade está no corpo, em nenhum outro lugar concentra-se uma força tão destemida e um poder de natureza tão fatal. E sendo o corpo o único caminho, quis apelar para o homem que, desconhecendo a luta e a tarefa que nele se circunscreve, dormia ao seu lado.

Embora deitada na cama, esta trégua provocava-lhe medo porque só a guerra era a solução. De repente o homem agitou-se e ela lamentou o tempo perdido, a alegria de que ele dispunha invicta no corpo com um esplêndido esbanjamento. Estava unida a este tipo de gente. Nem servia como consolo o fato de amá-lo. A vontade era de exatamente despertar-lhe a rudeza e a irritação, aguardando a bofetada no rosto, que é resposta.

Mas nem se mexia, poupando ao homem uma decisão que no seu eterno descuido nada lhe custava. Fosse uma bofetada necessária, ela o acordaria, implicando com o seu corpo, brincando com aquele apetite. Mas convencera-se de que o homem esbofetearia o seu rosto sem cumplicidade, sem preparar na alma uma futura consciência e por isso uma imensa culpa. Haveria de esbofeteá-la, para anos mais tarde beijar a mesma face ferida. Ou então bocejando pediria café, como se nada tivesse acontecido, porque entre um homem e uma mulher nem uma situação sinistra modifica a obrigação do mútuo convívio, e esta hesitação, e esta bondade, ela não aguentava mais.

Olhou o homem adormecido. Embora as suas admoestações severas, não dispensava a indolência daquele corpo que a procurava tantas vezes inundado de suor, eriçado o rosto pela barba, o descuido que a convivência facilita. Quis gritar, não somente para acordá-lo, mas também para ouvir a própria voz, desde que tudo lhe parecia distante e esmaecido. A voz, o corpo, o que sendo a sua vontade, não a dispunha mais livremente para a vida.

Horrorizou-se com o sono que breve a dominaria, cessando sua luta e a raiva. Sem receber ainda do homem a bofetada modificando uma situação segura e estável. Não recebia o tapa que redime porque não ousava, não ousava já sabendo que após as sucessivas bofetadas, nem no rosto guardaria as marcas dos dedos, não se provava por fora do corpo o que dentro dela se passava. Só a morte era a prova suprema. E não exigiria do homem o sacrifício. Haveria de rir diante de semelhante decisão. E depois, precisava mais, muito mais, precisava do instinto da morte, com o qual indagase sempre, ante a pressão sanguínea da vida. Porque só a escravidão possibilita o conhecimento. Apenas para chegar a dizer que nada presta, ou concluir que tudo se dispensa. Assim servia-lhe a sabedoria, quando se torna rediviva nesta empreitada. Sorriu ante a expectativa de dispensar a sordidez do mundo que a enriquecia. Confundia-se mais nas coisas, na vontade e no desejo.

Dormia o homem sem camisa, o peito nu, o umbigo de fora, que parecia coisa de criança, indecente naquele corpo enorme que apagava qualquer infância. Uma vez que dormia, aproximou-se cautelosa, descobrindo um cheiro de espécie familiar, que insistente invadira a sua pele, o corpo comumente introduzido no seu. Quis o risco da tarefa, compreendendo que danificava o sono do homem, a sequência daquela vida modestamente acostumada.

Naquele peito mergulhou o nariz, averiguando sua pele como a de um filho. Quase chorou distinguindo além do que sabia, e que passava a conhecer para sempre. Jamais possuindo um outro homem sem trazer à lembrança o homem ao seu lado. Embora aquele cheiro subtraísse-lhe a paciência, era o ponto de partida para o reconhecimento das coisas.

Ante a insistência desta respiração, ele acordou.

Olharam-se severos, ela como quem olha os animais livres, ele como se julga os homens ameaçados. Começou então a luta há tanto desejada, sem que avaliassem tamanha audácia. Quando ela verificou que tempo perdiam sempre que contemporizavam, teve medo e apenas neste clima distinguiu claramente o seu amor. Compreendia de que espécie de mistério o seu amor se fez, desde que desfrutara do corpo do homem um estranho sortilégio, aquela carne que sobre a sua se impunha, negligente e rara.

Viu-lhe no rosto o ódio. Dirigido a todo mundo, como uma ciência repartida, incluindo-a também. Como se por uma revelação de inteligência, finalmente o homem tivesse esbofeteado a sua cara, após a amargura das carícias violentas.

Compreendeu existir naqueles momentos a seleção dos instantes fatais. A sua frágil esperança era dizer-lhe baixinho, sabendo que ele mal a ouviria: não é verdade tudo que eu passei a saber nestes instantes? Você não precisa mais me amar para saber que vai me aguentar até o final, não é mesmo? Tanta claridade no rosto do homem que a perturbou aquela maravilhosa e altiva indiferença. Dos homens raros e indefinidos. Dispensando objetos como as coisas internas dentro dele. Percebia-o mais preocupado com o próprio desgosto, que era a sua medida, do que com as fontes de virtude que o mundo às vezes apresenta.

Ainda quis lhe dizer, vamos, cuspa no meu rosto, que também é matéria sua, deste seu corpo amado. Isto é segredo também. Mas simplesmente observava o riso do homem que era o seu endereço, mais nada. Percebendo que por mais que atirasse ao chão o pudor e a nudez, o homem simplesmente os recolheria bem dotado, sem qualquer agravo. Depois, esticados na grande cama, viviam saudáveis a indiferença. Se tivessem coragem, cada qual criaria uma outra casa, vigilante e longínqua, à procura do conforto que só uma solidão vazia e inútil oferece.

Após os bocejos do homem, pensou a mulher que uma vez que lhe dera o seu corpo, talvez ainda lhe oferecesse a paz dos guerreiros iluminados pelo sangue e pela vingança. Teria o seu rosto universal esbofeteado e cessariam os seus reclamos. Mas o homem adivinhando desfrutava um prazer que só o perigo do corpo oferece. E impunha-se ao seu desejo. Mais do que o corpo, o seu movimento, restaurador e amplo. Aquela franqueza que só um corpo que perdeu a solicitude do amor garante, como se ainda dominasse os áureos ímpetos da adolescência. E descobriu: e se fosse ele tão moço que nem mesmo ela compreendesse, apesar do seu amor, o primeiro processo que o lançou à aventura de tentar e errar sempre, até que, de repente, descobrindo ser a técnica perfeita, dissolveu o sentimento de amar, apenas por estar dando em troca o que julgava sólido, agora que já não amava. Como se a cada época competindo uma elite animal e aperfeiçoada, tanto ela quanto ele, desfrutassem igualmente destes equívocos.

Bruto ele mexeu-se. Arrastando-se até ela, fez-lhe carinho indolente, nela investia-se como se após o amor, que a mulher exigia generoso e farto, pudesse lhe impor tudo a vir depois, mesmo a indiferença. O homem pagava um preço para ser brevemente desdenhoso, e dormir tranquilo, sem pensar que apenas por se ter amado nunca mais se altera a organização do corpo, sua solicitude junto à vida. Majestoso, embora o cheiro, o seu descuido, enquanto cedia a mulher ante a precipitação dos acontecimentos. Depois, tombou exausto num sono profundo.

Infatigável ela recomeçou, paciente e rara, o seu corpo desprezando o repouso das horas graves do sono, apenas a melancolia dos nervos ágeis. Olhando a nudez esquecida do homem, descobriu que com uma gilete poderia rabiscar a sua pele, ali inscrever um sinal que o dominaria quando acordasse ante a exigência da dor. Percorria o peito do homem, os cabelos aninhados em selvagem amplidão. Meu Deus, e eu que penso que este corpo me pertence porque controlei suas energias, embora tantas vezes tivesse lhe dito, basta, agora chega, porque nem a sua prodigiosa força é responsável por tamanho desperdício.

De repente compadeceu-se da energia que o homem aprendera na sua natureza a gastar porque era a única dádiva de que dispunha para aguentar tanto suplício. Gozava o suplício de ser livre sempre que extraía do próprio corpo a exaustão suprema. E apenas por conseguir o milagre, dormia ao seu lado, aquietado e estúpido, jamais recusando o pão amargo. A mulher era a sua degradação, e se a aceitava era porque sozinho jamais gastaria a terrível energia que a natureza lhe impusera impiedosa.

Aquele corpo nu do homem, e ia detalhando as suas implicações arrebatadas, sem se convencer de que aquele mundo de nervos esplendidamente abatido lhe pertencia. Não podia ser seu, assim como um objeto se consagra e nos pertence, e súbito quebra-se e a gente não se importa com os cacos, nem mesmo considera a possibilidade de restaurá-lo, uma vez que o dominou quando esteve inteiro em nossas mãos, e vai deixando atrás, porque é a única gentileza que ainda se deve com quem tão longamente submeteu-se à nossa tirania. Não era este homem, porque também ela pertencia-lhe numa situação com que ele já não mais se importava. Tudo se misturava, eram um caso sem solução, e perderam a vergonha, quando a convivência se tornara pesada para que respondessem por seus excessos. Viviam no crime, por cada noite possuída estando distraídos, porque eram negligentes, e se diziam em silêncio o amor, indignos apoiavam-se na raiva para o esclarecimento de um querer.

A mulher constrangia-se em possuir um homem constrangido em possuir uma mulher, e era uma luta de afinação, à procura do som perfeito.

MENINO DOENTE

— **N**ão me aborreça, mãe. Gritou o menino doente na cama exigindo atenção. O que se aguarda de uma mulher crescida bastante para ter um filho? Depois raramente a doença arribando um deles, o menino impunha cuidados, embora não estivesse ameaçado de morte. A mãe percorria o quarto, o rosto iluminando-se sempre que o menino se irritava. Ele bem que percebera a necessidade de se alterar uma ordem na conquista de benefícios, quando se descobre não tanto as vantagens de certas lutas, mas a irradiação de qualquer intensidade.

Sempre que gritava para a mãe, aquela rudeza que seria a sua única inocência, um prazer gostoso amolecia-o na cama, o corpo picado de injeções. Ela enternecia-se com o filho implicando com o mundo. Embora compreendesse que assim se fizesse qualquer ascensão na vida, arrogante e criando feridas, porque mesmo assustado com a competência das coisas, era seu filho.

No início, levado aos médicos zangava-se. Interrompidas suas brincadeiras de moleque, reagia brutal. Agora, eles é que vinham visitá-lo. Revidava com a cara feia, mortalmente desdenhosa. Só o desprezo afugentando a morte. Passou a implicar até com os amigos comuns. Chegava a ameaçá-los com objetos, sempre que descobria algum olhar mais penalizado. Mas vinha sempre igual a reação das visitas, rindo dissimulavam o embaraço. De outro jeito não escondiam a vergonha. Ele que se dispusera a abalar a dignidade que os amigos ainda pretendiam levar para suas casas, insistia enquanto a mãe aquietava-se. Após um silêncio grave substituir o riso, e a vida limitar-se ao ridículo de uma mútua sabedoria, o menino repousava de um dia de intenso trabalho.

Chegando em casa, o pai aparecia no quarto, sempre cansado.

— Como é, filho, sente-se melhor?

O menino observava-o como a um estranho, inclinado a ridicularizar aquele hábito desesperado e intransigente de apelar para o seu amor a fim de que ambos esquecessem da verdade que jamais abordariam corajosos. Mas como também ele se nutrira no mesmo tumulto organizado, respondeu:

– Estou, pai.

Um longo intervalo denunciou o medo do homem de também ver descoberta a sua doença secreta. Não suportando, arrumou o travesseiro a pretexto de ofertar-lhe conforto, na sua luta agitando a ordem do menino. Quando o menino ansiava por lhe explicar que até então havia lhe bastado a organização anterior à sua chegada. Quis dizer-lhe nome feio, ofender aquela paternidade que se empenhava numa tarefa restauradora. Apelou simplesmente para a vingança do consentimento e da quietude para atingir a autoridade do pai.

Pressentindo a força do filho adquirida pelo seu próprio abatimento, o homem perturbou-se com a agonia das horas livres:

– Posso fumar, não atrapalha?

– Eu gosto, pai. Qualquer dia fumo também.

O pai coçou o dedo, esfregando o amarelo do fumo.

– Não vou fumar logo? – insistiu pesado.

O sangue e sua aparência afluíram à mão, neutralizando o aspecto ácido. Ainda com a covardia do homem que trabalha, incapaz de proibir ao filho qualquer coisa, fingia abstrair-se.

O menino pensou: enfrento este homem porque estou doente e tenho obrigações, ou comporto-me como uma pessoa saudável e deixo-o em paz. Afinal era seu pai. Nas conversas de rua, as piadas sempre pesadas, apelavam os meninos para o grosseiro tentando compreender os mistérios imediatos. Descreviam em minúcias a trajetória amorosa de um corpo e embora o ímpeto de uma natureza pronta a se esgotar, movidos por escrúpulos, não ousavam qualquer experiência. Limitavam-se a ridicularizar as intimidades da cama, ainda perplexos do nascimento individual. Só porque nascera precisava ele trabalhar como um louco, quando era tão simples a feitura de um filho? Fosse homem e elucidasse o seu pensamento haveria de concluir como resultado de um longínquo sentimento de amor: se um homem tem um filho tão naturalmente e começa a se matar e a matar outros companheiros para sustentar a consequência desta facilidade, então algo de muito inquietante passa-se no coração dos homens que eu não entendo.

Precariamente passou a compreender que ele e o pai fossem como uma teia organicamente estruturada por onde uma mão quase não circula sem romper ligações que em breve se reconstituem, é verdade, mas criando a indiscriminação da pedra, que é a sua defesa. Como mal se aceita a tutela de um homem que reivindica paternidade, há sempre a hesitação em enfrentá--lo, embora perceba-se inquieto que mesmo independente subordina-se ao repelente aparato de se tornar homem.

– Então, pai, você trouxe chocolate.

O homem aceitou a trégua e repousou livre.

– Mas coma só um pouquinho. O médico não quer.

– Bobagem, pai. Os médicos são uns bobos. Proíbem chocolate porque já não estão mais em idade de apreciá-lo.

O pai fluía junto à vivacidade do filho.

– Você está cansado, pai.

– Sim, filho.

– Sempre que um homem volta do trabalho, volta cansado?

Desprezou o pai porque exatamente avaliava a sua humildade, magro e curvado ante a obrigação de cumprir um horário. O menino precisava ser ordinário para não se afundar num mundo de pena. À sua frente o homem despojava-se, tal o seu poder de se concentrar e se escravizar. Enquanto imaginava-o nu e imensamente cabeludo, o filho descobria-se miniatura daquele homem. Já seu corpo ameaçando alcançá-lo e como ele realizar as tarefas que regularizam os instrumentos do corpo e liberam a necessária indisciplina da carne. Talvez o seu embaraço de imaginá-lo despido se devesse ao fato de que a sua nudez também envolvia a mãe que conhecia as suas excelências com a sabedoria que o longo convívio com um corpo amadurece. Porque ambos impregnados por um intenso suor comum ultrapassaram uma margem de realidade, alcançando um domínio que só a eles pertencia, onde nem o arrebato da morte de um deles libertava o outro, sempre restando aquela presença funesta que é o cheiro da vida que nos foi simplesmente poupada. Porque foram sempre simples, pai e mãe deixaram-se envolver pela intensidade degradante e perfeita de uma vida em comum e já não mais podiam exibir seus corpos a quem quer que os contemplasse sem arrastar a imagem resguardada do outro.

Ria cínico o menino, criando pequenos abismos. Vendo seus corpos amadurecidos pela nudez, haveria de rir na cara deles, mais como prova de confiança: olhem, eu rio para que vocês não se envergonhem. Mas nem adiantaria, se após certo uso do corpo, apanha-se a vergonha como a erva grudada ao muro, mais prende-se aos obstáculos desenvolvendo o seu vigor, na insuportável agitação de um crescimento.

Finalmente o pai respondeu:

– Uns voltam cansados, outros não. Depende do que se faz no trabalho.

– Do que se faz ou do que se é obrigado a fazer?

O pai quis levantar-se e jogar na cara abusada do filho uma bofetada, como prova de amor. Mas, aquele rosto de menino que uma certa virilidade ameaçava, viria a ser o conforto da sua velhice, e naquele instante quis poupá-lo como sempre lutara preservando-o para tempos imemoriais.

– Vamos, coma mais chocolate.

– Você não vai querer que eu passe a vida comendo chocolate.

O homem retirou o paletó colocando-o cuidadoso na cadeira, após hesitar. O quarto tornara-se o recanto da casa onde se admitia visitas, porque só agora recebia cuidados e zelos especiais. Assoou o nariz. O menino quase disse, então você é como criança com nariz cheio de porcaria. Controlou a sua petulância. Secretamente teve medo, sempre haveria o triunfo da bofetada solene. O pai sentiu-se melhor, livre a respiração, o obstáculo de mucosas que impedira o fluir completo.

Quando nem a passividade do pai impedia a luta, jogou-lhe a verdade, o estranho prazer de esmiuçar as suas defesas:

– Como é, pai, eu ainda estou doente?

Nervoso o homem esfregava a própria testa como se tivesse febre, assumira a sua doença como julgava possuir aquele filho crescendo inesperado, furioso arrasando as marcas que separam as possessões incômodas.

Ao mesmo tempo, calculava o dinheiro com a preciosidade que a rotina do acumular diário obrigava, para as despesas finais. Até dominar o perigo da confissão.

— Ora, filho, você está bem melhor.

De repente o menino atirou na cara do pai o reverso da medalha, a cunhagem tão perfeita quanto a anterior, a mesma intensidade do traço, a mesma dificuldade em selecionar a prata, que é o seu revestimento:

— Você gosta de mim?

O pai aproximou-se, a respiração intensa e rara, pousou delicado os lábios na testa febril, a mesma intensidade severa com que uma boca trabalha uma outra ampliando-se. Ultrapassando a primeira dificuldade, os lábios acomodaram-se como se testa fosse uma margem pacífica. Não o beijava, sorvia da pele a sua doença. Pressentindo ambos o embaraço que haveria de fustigá-los após o desmoronar da intimidade. O menino temia a sobrevivência após a liberdade do carinho, por saber-se brevemente um homem que nunca mais beijaria o pai, que o acariciava receando não a irradiação da doença, mas a realidade que magoaria o filho sempre que cruelmente apresentada. No rosto do menino os exercícios violentos de rua impuseram uma aparência de pedra, porque só a aparência de pedra é o obstáculo calculado do mundo em que se habita. Esta rudeza que não podia avaliar a intensa experiência do pai, exaurido por luta e pela obrigação de se acomodar em ônibus cheios. Meu Deus, o que é que meu pai e eu faremos disto, depois disto o que é que duas pessoas fazem para serem inimigos vivendo na mesma casa, comendo do mesmo prato fabricado pela mesma força comum. Logo que imprecisamente intuíra esta verdade, um fluxo selvagem inundando suas pernas, introduziu-se no reino dos homens, garboso e solitário. A tenuidade do buço no rosto quase viril escondendo artimanhas, embora desprotegido e pouco sábio para se defender, e ainda o violentasse aquela morte quente.

Precisava poupar aquele homem de uma humilhação futura. Como se o pai tivesse se tornado velho porque seu filho ainda doente tornou-se um homem disposto, não à contemplação, mas à luta de morrer um dia dispensando paz e graciosidade, após procriar filhos em alguma mulher que escolhera passageiro.

Um sentimento de amor por aquele homem que trabalhava selvagem porque fizera um filho num momento de distração, quando a carne é simplesmente dominante, e não se aguarda multiplicação, aquela facilidade de procriar filho confundindo quem não é esperto bastante para perceber a artimanha do mundo – oprimia-o pela primeira vez –, pois era o sentimento do seu presumível nascimento. Meu Deus, eu gosto do meu pai, então esta é a desordem das coisas?

Assumindo palavras e proporções, pensou o menino que quando da grande transformação – como o casulo se arrebata para o mistério na noite em que se organiza para nascer diferente – precisava apoiar-se numa doença que a antecipa, ainda vestido de menino, onde se abriga, para não ferir com a arrogância de sua carne nova mas intensamente viril aqueles que já como homens dominam a aprendizagem das roupas mais folgadas.

– Pai, não adianta discutir comigo. Já sei que o médico não quer. Me dá chocolate.

Ele que aguardava não somente o aviso para se salvar, mas o pretexto que o libertaria daquela testa onde se instalara como o gato ante o perigo do abismo agarra-se ao telhado até o império da noite, que é o prodígio da sua agilidade, apanhou outra barra de chocolate, sem hesitar, como quem se livra de um absurdo.

– Toma – e foi-se do quarto.

Só uma emoção miúda despertava-o, o menino jogou de lado o chocolate, dispensando o poder do mundo. Não era mais o comer que lhe bastava, mas o amor que existia nas coisas.

TEMPO DAS FRUTAS

Teve nojo do seu cheiro como daquela velhice que era a aparência da morte. Esforçou-se em apreciá-la como se ainda pudesse conduzir a velha a seus anos iluminados. Mas já a sua pele enrugara-se igual terra mexida no uso, dissimulando sujeira nas suas trilhas mais secretas, através das quais perpetrou-se tanto crime, se acaso as seguíssemos haveríamos de descobrir.

Após a confissão da velha, escondendo espanto que era a trégua da raiva, iniciou-se entre elas a ferocidade do amor. Aquela verdade que ousava na sua invenção modificar o mundo, surgia na face de qualquer delas como uma expiação. A velha pôs-se a chorar. Ainda assim, a mulher não esticou a mão, para salvar ou mergulhar na penumbra o milagre que ali se operava, ao menos, preservar para as gerações vindouras a excepcionalidade da velha. Enquanto percebesse violentamente alterado o sistema de vida, recusava-se a prestar condolência a um corpo.

A velha pediu-lhe água como se exigisse remédio. A mulher deu-lhe água como se impusesse veneno. Atingida a gratidão, a amargura do reconhecimento, iam gradualmente inutilizando a delicadeza dos gestos fraternos. E apenas porque seu estado assim o exigia, a velha manifestou fome. Embora lhe devesse comida, para isto os restos na despensa, e no mundo as plantas crescendo, perturbava-a sustentar a fome daquela velha desprezível, ou colaborar com o que viesse a engordá-la. Envergonhou-se a velha, como se além da feiura também exibisse as coisas antigas que o tempo obriga o corpo a proteger. Nos seus pelos nenhum sopro restaurador o adornaria mesmo invisível, e jamais outra boca houvera por bem alimentar-se em suas células à procura do amor. Fugindo-lhe a transitoriedade do corpo, finalmente compreendia o seu estado.

A mulher percebia o perigo em que vivia para que o triunfo da velha não a envolvesse. Pois o que se agitava internamente na velha era o desaforo que levava ofendida para casa.

– E agora, o que é que a senhora vai fazer? – Viu-lhe o riso, as pernas que mal suportavam o convívio. Precisaria acumular um conhecimento de anos e de vida para hostilizá-la. – Porque a senhora bem sabe que tem setenta anos.

Assinalou com a cabeça, não se esquecendo que carregava tudo isto dentro do estômago, em vez de intensificar uma estranha iluminação que a salvasse. Ainda assim, a mulher devotava-lhe desprezo, como se em vez da nobreza que circula nas veias, que é o sangue encantado que garante a vida humana, visse as suas entranhas massacrando iguarias após um profundo sortimento, e aquele trajeto dispunha-se tão minucioso para permitir a digestão, que quase vomitou, a tal ponto intensificou a paisagem que aquela velha levava dentro, sob a inocente aparência da pele. Levantou-se a velha, movendo uma energia final. Nem assim a mulher pediu-lhe perdão, ou forneceu a ajuda de que aquele corpo dependia. Porque através do ódio, impunha-lhe a obrigação de suportar a vida por mais tempo, com aquele inútil corpo ainda assim curtindo seus pecados. Aí estaria o seu revide, e precisava desta esperança para aguentar o segredo que a velha lhe havia revelado. Além da coragem, devia expressar-lhe confiança num êxito que embora a ofendesse precisava atingir a saída por onde escapa qualquer triunfo.

A velha que consentira no seu corpo a prática de uma violência, também compreendia o esforço da mulher a serviço da selvageria humana. Nenhum povo é capaz de perdoar este crime.

Sobretudo para se suportar, ia a velha empenhando o seu mundo. Acompanhava a mulher aquela humilde desistência e a sua derrota, e a deformação que brevemente a compungiria. A velha via a terra com complacência, oferecendo à mulher o reconhecimento da sua natureza. Ao mesmo tempo parecia dizer, observe, meu corpo é velho mas eu triunfei, e o seu que é moço, o que você fez dele, o que nele fazem sem sua licença?

O milagre da velha resplandecia, aceitando a vida, como pela fome aceita-se o pão, e ainda em seu nome tudo se exige, acima de sacrifícios, porque ela é o fenômeno modesto que sempre acompanha qualquer manifestação. Alisou a barriga, estendendo abaixo a carícia, um movimento que cria prazer, embora nem se saiba como, a tal ponto intensificou-se que se desgoverna. Onde havia a solução esfregava, bem no ventre.

Elas só se comunicavam enquanto uma delas esfregando o próprio ventre assegurava a quem quer que a observasse, que alguma coisa de muito íntimo naquela região a transformava, a ponto de nunca mais ser a mesma. Assim suportavam o convívio. E dependendo deste movimento para uma exibição viril, a velha resmungou solitária:

– E você, qual é o seu pretexto para exigir comida?

O seu rosto ardia, incapaz de como a velha conduzir sua mão ao baixo--ventre, acariciar uma região em cuja área procurou abrasamento e que embora a multiplicidade das tentativas, jamais a enriquecera. No seu corpo a memória de companheiros que se desenharam fugazes, a quem oferecera mais do que a coesão brutal dos corpos, a premência do embate que já está acima dos recursos da natureza. Porque a pobreza tornou-se a sua pujança, teve raiva da velha, daquela volúpia que se obstinava a viver com a intensidade da rede carregada de peixes, não obstante a lisura que amacia a água e a pouco fundura que escasseia a sua visão de regato.

Desde que a velha passou a aceitar o fato, o rosto iluminou-se. Ainda que a mulher fingisse não perceber, por não querer comemorar a vitória da outra, já não aguentava tanta ofensa. Pois que a velha, premiando o mundo com o que o seu corpo punha a crescer, aparentava uma meditação tão intensa que desmerecia a existência da mulher, como se depois dela nada mais importasse. Decidiu-se a mulher pelo jogo que transformaria suas existências em verdade e jogou-lhe o catarro:

– E o médico, não chorou quando lhe contou tudo?

Interrompida a meditação, para olhar o rosto da mulher, expressou--lhe a brevidade da raiva. Espalhando o cheiro da sua raça velha, veio vindo. Embora asseada, abastecia a respiração da outra que quis lhe dizer: vai embora, não aguento este cheiro, nem o outro que logo cobrirá sua barriga.

Tão intimamente aproximava-se da mulher que nunca mais suas gengivas murchas se fariam esquecer após a obstinação da análise. Bem podia a velha esbofeteá-la, a violência tornara-se a sua compreensão. Jamais se libertando da mancha daqueles dedos que de tão velhos, após gozarem a raridade da matéria, são consumidos pelo fogo e a qualquer sopro tornam-se cinzas, ainda que conservem tantas lembranças. Pôs-se em vigília. E vacilando a vida na meticulosa fragilidade da velha, não mais aguentou. Gargalhou na sua cara, para que visse o seu rosto transformado, não pela bofetada que ela quis lhe dar, mas pelo desprendimento e audácia que faziam da mulher uma coisa decente e ativa. Embora o seu ventre não inquietasse o mundo, já a sua cara medrosa afugentava a velha. O sangue fluía instantâneo no riso.

O mundo e elas ainda dependiam do que viessem a fazer. Orientavam a terra e não havia perdão para esta coragem. Ao mesmo tempo tão receosas da vida que nelas se investia, que nem mais este instrumento de ação as instruía. Na velha os galhos ramificavam-se pelo corpo, cujo inesperado exercício empalideceu-a, como se além de descobrirem a sua raiva, capturassem levianos o seu íntimo crescimento.

A mulher disse-lhe: – Por favor, sente-se. Vai lhe fazer bem.

Outra vez acreditando em excesso, a velha cedeu, toda velha que aguarda netos. – Vou lhe trazer um pedaço de pão. A mulher mal começava a amizade e surpreendia-se com o compromisso que a incorporava àquela nojenta vitalidade. Mais do que a promessa do pão, causava-lhe nojo a fermentação do alimento.

Mas já não podia desistir. Devia-se isenção, e a luta. Até a despensa, de onde colheu como se fosse fruta o pão, estendendo-o, trazendo-lhe leite também. E pensou, meu Deus, como é absurdo compreender o que se percebe de uma só vez. Devagar, com setenta anos, a velha molhou com delícia o pão no leite, até que a sua extremidade amolecesse, cuidando em não sujar o vestido, pois que a cautela tornara-se a sua última esperança, e só então pôs aquela coisa mole dentro da boca sem dentes, em paz separou-se do pão, e mastigou, gengiva contra gengiva, esta era a sua máquina. Banhando o corpo de uma substância que tombava além dos seus intestinos.

Sentia-se melhor a velha, a ponto de declarar: – O médico aconselhou-me uma alimentação abundante. A mulher acabou por se convencer de que aquelas palavras eram a sua paz, a promessa de nunca mais brigarem até que a mulher esquecesse o seu desgosto. Compreendeu e foi deixando-lhe o direito de digerir aquela conquista. Como se permitisse o desabrochar lúcido e generoso, sem revisões.

– Quer mais alguma coisa? – perguntou-lhe.

A velha satisfeita aceitou a trégua. Cessavam o exame para que ao menos por instantes adquirissem a consciência de tudo que as separava, não obstante se julgarem maravilhosamente unidas. De repente, recuperada a velha jogou no rosto da mulher a sua força.

– Como o meu caso é o único que os anais registram, o médico esforçou-se em demonstrar a minha excepcionalidade.

Então era isto, quis comer para que distraída eu me concentrasse na solidão que é o meu defeito! Desesperan-do-se a mulher também atirou a pontualidade da sua faca.

– Agora que a senhora venceu, o que quer de mim? Porque a senhora bem sabe que é muito galante a sua vitória. – No seu rosto a rudeza brilhante da carne crua.

A velha abanava a cabeça, aceitando a malcriação. Para a mulher aquele simples movimento perdoava. Mal calculando os sortilégios de uma imensa paz, ajustavam os seus erros à ânsia que sentiam pela perfeição, a tal ponto eles perturbavam. Percebia a mulher a facilidade com que se habita um ressentimento amontoado na gaveta, porque melhor preserva-se a sua intimidade no escuro.

– A senhora não julga tudo isto ridículo? – Compreendendo que após admitir a velha e seu fenômeno, alguma coisa dentro de si devia transformar-se para que passasse a se aceitar nos anos a virem. Sua tranquilidade futura dependia do jeito que pusesse no rosto e na vida, que até agora andaram desligados, e desistisse da luta. Apanhou aquela mão enrugada: – Não se incomode, alguma coisa há de ajudá-la, afinal não é justo o que está lhe ocorrendo.

E a velhinha, que dependia daquele arbítrio para dominar a velhice, chorava semelhante ao menino que, se avizinhando à obrigação que lhe será imposta de virilizar-se a ponto de romper os laços mais intensos, joga ao mundo o último desabafo, o seu retrato natural. Enquanto acariciava o rosto da velha, ia desprezando a perfeição de uma natureza quase selvagem nas suas manifestações. Ainda que a compreensão se estabelecesse, a mulher precisava dizer o que as unisse para sempre:

– Depois de o seu marido ter morrido há quinze anos, a senhora nunca mais dormiu com outro homem!

Também surpreendida, a velha consentiu. Porém a mulher, trazendo a si o vigor das próprias mãos, aquele contato, pensou, estou marcada para sempre. Jamais seria a mesma para si ou para os outros, desde que passara a compreender que aquela velha, a despeito da sua transitoriedade no mundo, estava grávida, esperava o filho imperdoável em velhice de setenta anos. Aquela timidez de um ventre que, rompendo os limites da natureza, só agora reservara indevidamente a sua última energia.

PASSEIO NO AMOR

Pequeno como era, não o destinavam a qualquer esforço. E embora se admitisse seus encantos, de tal modo a sua modéstia, longe de ferir sua aparência, a todos confortava. A princípio, segundo aquela noção de se subtrair amor quando amor é o que se precisa dar, supuseram que tanto mimo em vez de proteger viesse danificá-lo.

Iam-lhe exigindo a rapidez de quem se empreende numa tarefa e por jamais compreenderem um prato rejeitado também a obediência no comer. Não admitiam uma seleção a que se dedicam os displicentes, a tudo dando impressão de opulência. Mas incentivavam-lhe uma certa ferocidade que em última análise protegia a casa.

Bonitinho, e ignorando imposições casuais, deixava-se apreciar sempre precavido. No seu interior, como as plantas sigilosas alcançando limites que só a aspereza objetiva de uma tesoura alcança, tudo ia se desenvolvendo, qualquer intumescência no corpo descobria-se no apalpar detalhado, da mesma forma com que se pressente no enjoo a evolução, e na apreciação da água a limpidez.

Diante de cada homem estabelecia o seu impreciso comunicar, apenas os olhos em estranha ânsia. E se num breve cansaço a sua natureza parecia extinguir-se, logo as convulsões na barriga, após o alimento, despertavam-no para a vida. E pressentindo que na irritação de quem se move à sua frente estava o perigo, passava a ignorar as criaturas e seus objetos com a altivez daqueles da sua raça.

Porque os homens da casa jamais se interessaram por origens e detalhes que representassem uma disponibilidade para a qual a piedade não se criara, ali instalou-se destituído de pretextos. Acomodou-se no conforto das coisas recém-adquiridas, quase compreendendo a existência do objeto quando mais constante e universalmente utilizado. E por se convencer de que adquirira noções, passou a coabitar no silencioso das coisas em cujo organismo quente depunha sua voracidade. Embora ansiasse pela liberdade, os homens de bem haviam-lhe mansamente garantido que não se morre porque se desistiu, e tudo foi assimilando por puro instinto. Acomodava-se nesta espécie de triunfo.

A sua solidão não era a ausência do que se amar, ou a crença nos compromissos que os solitários investem no mundo. Se pudesse falar, diria que a liberdade para gente da sua espécie, mais do que uma vitória representava um revide. Descobrisse que embora muito se ganhe em não voltar, também reconhecesse a eficácia do retorno ao centro a que se pertence, como os dentes pertencem ao equilíbrio que a boca em conjunto oferece.

Um dia desapareceu. Logo pensou-se em pequenos *promenades*. Natural a aventura, o distanciar-se da casa no entusiasmo de quem a procura de alívio. É sempre assim. Sai-se, e no abrir de olhos está-se longe. Com as horas vasculharam o chão das coisas, os caminhos. Quando não se encontrou um indício, e nem o procurar alentava, percebeu-se a gravidade daquela situação, sobretudo a pretensão de serem julgados segundo qualquer dor que expressassem. Além de exibirem no rosto uma saudade inequívoca, procuraram excluir daquele sofrimento qualquer contradição. Conquanto viessem a enfrentar os vizinhos, na manha de quem brincando com água ganha tempo, se evita naufrágio, começaram a cuidar da aparência através da qual exibiriam a sua perda. E dependendo da comiseração dos que já chegavam, da leviandade que no mundo dos homens é um equipamento indispensável, orgulharam-se de toda aquela ostentação. Eles, que jamais pensaram perdê-lo, na iminência do seu desaparecimento, idealizaram um percurso sentimental altamente sedutor. A presteza daquela solidariedade redimia-os de humilhações antigas.

Ao ímpeto do pranto, na lentidão que orienta um fio de lama em declive, sucedeu-se o desejo de que nunca mais ele voltasse. Pelo menos enquanto aquela situação atraísse a meditação dos outros homens. Pois que só assim lhes era reconhecida uma capacidade que jamais dominaram em tempo de paz.

Os homens da vizinhança apiedaram-se dos homens da casa, dramatizados no mesmo destino. Na noite breve, tomaram bolinhos, café em xícaras do aparador onde se guardava as cerimônias da casa. E no olhar comum o orgulho do sofrer elegante, sem escândalos.

Quando a manhã separou os vizinhos, pois parcos são os limites do sofrimento e da contemplação, e o encantamento se desvanecera, alguns partiram para o trabalho, não se falou mais em luxos. A casa agitava-se como um sangue supostamente espesso se afina no gasto que uma contínua circulação lhe assegura. Restando às mulheres o preparo da comida.

Foi então que alguém gritou:

– Venham, depressa.

Assim como estavam, a sua última teatralidade, atravessando terras, possessão de quem também se pensa dono. Até um recanto protegido, havia no reino uma grande árvore. Pois ali estava ele, os hábitos da casa ainda dominando o seu rosto, nem se lhe desprendera a aparência de quem sofreu tirania – para isto exigem-se anos. Embora aos homens não escapasse uma diferença. Sujo, atracado no chão, era senhor fundamental do seu cansaço e da sua aventura.

Ao seu lado, bem unidas as formas que se assemelhavam, ela acompanhava-o, feminina na sua limpeza, cinzenta.

Sentiram raiva os homens e mulheres, o que lhes ficava bem. E porque a normalidade diária já os sufocava, podendo dispensar os vizinhos, voltaram à grosseria dos primeiros tempos.

– Vamos, seu Bolinha, para casa.

As duas coisas pequenas agitaram-se inquietas. O olhar ainda conservando a aventura galante, a ameaça de ser livre. Miudamente dirigiu-se ele para casa, fingindo transitar altivo pelo mundo hostil, que era a única forma de se desprender de um amor.

Acabrunhados com aquela obediência, todos o seguiram. Mas ele sempre fora assim, orgulhoso como um cachorro que tem dono.

VESTÍGIOS

A floresta embaraçada de árvores. Os sete monstros ali viviam, imundos em volta do pântano, e a luz brilhava sempre que eles apareciam. Barulhentos e alegres, comiam insetos, animais, folhas, e a sorte ajudando-os, roubavam dos viajantes distraídos tudo que levavam, e se punham fartos de tanto comer e beber. Depois, tombavam no chão bêbados e cheios de baba viva e cristalina. A seguir, de modo geral, copulavam ali mesmo, sem cerimônia, entre eles, enquanto um sempre vendo, aguardava sua oportunidade. Pareciam pacientes, embora a selvageria de tudo que realizavam. Por estas coisas, os homens e mulheres das aldeias vizinhas evitavam a floresta, por não saberem o que podia acontecer uma vez que a atravessassem.

Havia entre eles um chefe. O mais feio. Suas pernas gigantes, cabeça e sobrancelhas enormes. Dominava os homens e as mulheres da sua tribo, sempre ordenando mudanças quando como insetos bravios aniquilavam folhas, frutos e vida das coisas em torno. De preferência marginavam o pântano, onde habitavam os animais feios e horrendos como eles mesmos. Fazia-lhes bem aquele convívio, terrível e sinistro.

Até descobrirem que além de roubar igualmente podiam matar, a vida fora relativamente calma. Mas logo que dominaram mais este privilégio, mal suportavam a exacerbação da alegria. Saíam à caça de gente, e seus recursos eram limitados. Faltava-lhes dos animais a agudeza da prospecção. Embora procurassem incessantes, facilmente desorientavam-se, perdendo as pistas mais delicadas. Em verdade, não dominavam os secretos recursos da caça, porque ainda que selvagens, sempre eram homens. Conquanto irritados com as falhas sucessivas, voltavam-se para os animais, as únicas presas com as quais mais facilmente lidavam, maior seu domínio de matar. Assim os dias iam passando, e eles mais velhos e mais ofendidos de torpeza.

Ninguém sabia de onde teriam vindo. Se teriam nascido ali mesmo, de que ventres arrogantes aqueles monstros teriam saído. Apenas pouco a pouco percebeu-se que ocupavam a floresta. O que permitia a todos pensarem que viviam em bando e que para ali teriam ido recentemente. Enquanto não se averiguava a verdade, preocupados cogitavam de quê viveriam. Foi então que deram pela falta de um lavrador. A princípio imaginaram uma viagem mais longa provocando a demora. Mas com o tempo, não tendo ele voltado, concluíram que desta vez os monstros da floresta tinham agido com maior crueldade. O que intensificou o pavor e a curiosidade de todos. Antes, quando eles ainda se contentavam em apenas roubar, ninguém fora capaz de descrevê-los, detalhar alguma coisa que os orientasse. Agora então, suas vítimas jamais voltando, mais encontravam-se à sua mercê.

Os monstros tornavam-se mais saudáveis, alegres e bem-dispostos. E todas as noites nem precisavam de pretexto para comemorar a vida. Bebendo estranhas infusões que acabaram por inventar, em volta do fogo apreciavam a carne sangrenta de um animal recentemente abatido. Depois, ainda entre risos e cantos, caíam imundos ao chão, e ali mesmo copulavam. Atingido o exagero, terminavam por se unhar, arrancando cabelos, até que um se atirasse ao pântano, dali saindo grosseiro, as coisas viscosas grudadas pelo corpo nu, após o mergulho breve. E satisfaziam-se com aquela vida. Não a trocando por nada.

Não se podia saber se conversavam, isto é, se as breves palavras trocadas expressavam tão somente um prazer, um grito de dor, ou se tudo junto era o arranco final de uma ideia, precária, é verdade, mas ainda assim poderosa. Os olhos sempre iluminados por uma espécie de luz estranha e silenciosa. Exatamente silenciosa a sua qualidade. Mal definia-se, e talvez no erro poder-se-ia concluir de que aparência se apresentava. Sorriam entre si, e o faziam bem, os dentes quebrados, afiados como garras de animal feroz, de tanto desfiarem sórdidos as carnes cruas, que mal puderam ser assadas. Porque famintos, faltando-lhes a paciência de aguardar, metiam os dedos nas brasas, sem se importarem com queimaduras, o cheiro de pele queimada, sozinhos suportavam o exagero da dor. Assim organizavam-se. Vestiam-se de andrajos. E logo que alguma zona do corpo desprotegia-se, e jamais levados pelo pudor, tomavam providências. Preparavam folhas anteriormente postas ao sol para secar, e jeitosos protegiam-se com aquela última probabilidade.

Até que os sete monstros começaram a se inquietar, talvez cansados daquela grosseira liberdade. Brigavam entre si, e já não existia aquela luz que jamais se conseguiu definir. Só raiva e exaustão. Ainda assim viviam juntos, ainda assim seus corpos se procuravam com a mesma ganância.

Quando um deles de repente jogou no meio do acampamento uma menina de catorze anos, aconteceu uma festa. Sequer a analisaram. Também não pensaram aproveitá-la para os gozos do amor. Mal suportando esta alegria, dispuseram-se a matá-la, o mais rápido possível. E foi o que fizeram. Sem hesitarem diante do seu desespero, aqueles olhos esgazeados pelo medo suplicando a seus algozes. Enquanto o que decidia como chefe apertava-lhe o pescoço, com uma pedra o outro esmagava-lhe a cabeça. À vista do sangue, e da massa branca exposta inocente, gritavam como reis felizes dominando gente e coisas coroadas pela morte. Mas como até o cheiro daquela menina era diferente, despiram-na para vê-la de perto, farejar suas carnes duras e joviais. Analisavam cautelosos, como se de repente, após a violência praticada, descobrissem que além da fome existia o que não definiam e que os embaraçava. Intransigentes entre empurrões tocavam o corpo morto. Nervosos e excitados. Não podendo ser descrito, tornou-se inédito e quase impessoal aquele espetáculo. E quando já não mais se abrasavam na terrível contemplação, como chacais mergulharam no corpo florido e branco suas facas.

Debruçados sobre a menina, o seu corpo parecia uma fonte. Bebiam seu sangue como se já não mais o dispensassem. E à medida que o bebiam, iam comendo sórdidos aquelas carnes de que dependiam urgentes para continuarem selvagens. Sempre, porém, orientados por um mastigar delicado. Enfrentavam a carne humana com uma gentileza de que habitualmente não dispunham para a carne dos animais. E demonstravam uma tal satisfação, não apenas por seus olhos se fecharem iluminando uma visão interna, mas porque perturbados pela voracidade, mal articulavam os dentes um movimento, e tão elegantes pareciam que se tornou bonito averiguar aqueles sete monstros despedaçando o corpo da menina.

Apenas quando os ossos apareceram, eles se abrandaram. Foram dispensando docilmente os exercícios violentos que sempre se seguiam a estes festins. Quietos e infelizes, nenhuma alegria agora iluminava seus rostos. Um deles abriu a bolsa da menina à procura de qualquer coisa que substituísse aquela fartura, após terem expelido os seus excessos. No interior da bolsa, entre muitas coisas, destacava-se um broche com um retrato dentro. O rosto de uma mulher, jovem e vigorosa. Olhou-o durante muito tempo. Depois foi passando adiante, e todos com a mesma intensidade apreciavam. Arrumaram então nobremente o broche, e seu retrato bonito, sobre os ossos da menina, e, de repente, os monstros choraram.

SALA DE ARMAS

AVE DE PARAÍSO

Uma vez por semana visitava a mulher. Para exaltar-se, dizia comovido. Ela acreditava e o recebia com torta de chocolate e licor de pera, as frutas colhidas na horta. Os vizinhos discutiam os encontros raros, mas ela o queria sempre mais. Ele imaginando a vida difícil pedia desculpas pelo olhar, como se lhe assegurasse de que outro modo devo amá-la.

Comia a torta e rejeitava o resto. Ainda que ela insistisse. É por cerimônia, ela pensava escondendo-se em sua sombra. Chegou a preparar-lhe uma vez jantar de surpresa. A comida cheirava, as essências apenas abandonaram a China. Brilhavam os talheres e o aparelho comprado pensando no dia da festa, para quando ele abrisse os olhos encantado.

O homem fiscalizou apreciando. Sempre a julgara sensível à harmonia e à graça. Uma confiança que se instalou desde o primeiro instante, ao se conhecerem: no bonde ela havia esquecido o dinheiro da passagem, olhara em torno sem pedir socorro, ele pagou e disse baixinho eu também preciso de ajuda, ela sorrira e ele segurou sua mão, assustada ela consentira, e quando a deixou na porta protegida prometeu voltar no dia seguinte.

— Não insista, que não aceito o jantar.

Tão natural ele parecia um peixe corrigindo o mar. Ela chorou pensando entre tantos homens Deus destinou-me o mais difícil. Foi o único instante de fraqueza do seu amor. No outro dia recebeu rosas e o bilhete dentro só falava: amor. Ela riu arrependida, condenando a própria incontinência. Não o devia ter submetido a semelhante prova, que ele recusou herói. Na próxima visita amou-a com fervor de apátrida e repetia baixinho seu nome.

Uma vez desapareceu três meses, sem carta, telegrama, ou telefonema. Ela pensou agora é a minha morte. Em torno da mesma mesa, a toalha pintada de roxo, que havia preparado num longo dia de sábado, a cama de lençol branco, pessoalmente ela os lavava evitando o anil em excesso, a casa enfim que ele deixou de frequentar sem aviso. Percorria as ruas e a cada suspiro acrescentava:

– Que é da mulher sem a história do seu amor.

Fizera o ginásio na cidade onde nasceu. Não quis ser professora. Desde pequena desejou casar-se. Sua única ambição. Temia o filho alheio extraindo--lhe uma força que os da própria carne mereciam. A mãe ainda protestou, precisavam de dinheiro. O pai perdera o emprego, a idade fazia-se obstáculo. Acabou ele no balcão da farmácia do padrinho. E a mãe cosendo para fora. Enquanto ela cuidaria dos serviços da casa, já que se recusava a lecionar. Foi quando lhe encantou a cozinha. Mas a receita da torta veio mais tarde: Norma apareceu galante, vestido amarelo, pedindo ajuda para uma saia godê, modelo surpreendido na revista do jornaleiro da esquina. Ainda que julgasse Norma frívola, insistindo que a acompanhasse aos bailes onde se arrumava namorado depressa, jamais a censurou. Foi quando encontrou a outra, simples conhecida de Norma. Do curso de datilografia, ambas pretendiam trabalhar em firma americana. Visitariam mais tarde os Estados Unidos. Passeios na Quinta Avenida. Norma só pensava em oficial americano. Lamentando que já não nos visitassem como no tempo da guerra. A outra ouvindo, quase no final lhe perguntou:

– Você não quer vir? – Referia-se ao concurso para a firma americana.

Fez que não com a cabeça. Teve vergonha de explicar que queria casar--se. Era mais fácil e seu coração inclinava-se para a tarefa.

– Já sei, com você, só receita de torta de chocolate – a outra sentenciou zangada.

Desta vez acedeu vibrátil. Exigindo logo a receita com papel e lápis. E que a outra telefonasse para a mãe confirmando os ingredientes cuja ordem dependera da memória. Em casa, no regime de economia, não pôde experimentar. Mas consolava-se: logo que eu tenha amor faço-lhe uma surpresa. Acalentou sempre a esperança de que torta de chocolate fosse sobremesa de marido. Doce só valia para amor provar. Aquela simplicidade comovia Norma. Anos mais tarde quando se separaram e foi perdendo os amigos, seu destino era desistir do mundo para conservar o amor, Norma disse-lhe com a mão no ombro e nunca mais a viu:

– Isto tinha que acontecer a você.

Ainda quis explicar, provar-lhe o engano. Mas Norma foi andando sem olhar para trás, o jeito livre.

Quando ele voltou meses depois trouxe-lhe presentes, beijou-a tanto no cabelo, de cheiro que dizia ele ser de céu, fez-lhe ver a importância da viagem, não se arrependera de ter ido pelo prazer da volta. Ela julgou gentil o esclarecimento. Correu para a cozinha, antes que ele a levasse para o quarto. Com ingredientes necessários cuidou de atingir a perfeição. Não admitia o amor sem a torta os aguardar depois, especialmente em dia de festa.

Ele riu encantado com a extravagância, não se via com direito a reclamar. Também ele lhe reconhecia a liberdade. Esperou que terminasse. Veio ela então como lhe assegurando estou pronta para sua ausência difícil. Era sempre discreta nas coisas do amor e ele apreciava o recolhimento. Repudiaria um proceder atrevido desmanchando para sempre a ilusão de a possuir como se ainda fosse a primeira vez. Intuindo, ela escondia a cabeça no travesseiro, as lágrimas delicadas. Ele gritava como servo do rei Artur:

– As mulheres são gratas! As mulheres são gratas!

A ciência deste aviso, ela interpretava. Recolhia as lágrimas entregando-se com pudor. Jamais recusara tais cenas. Às vezes se repetiam na semana seguinte. Ele fingia não perceber que semelhante encanto ameaçava esgotar-se. Tudo fazia para renová-lo. Por isto tanto a amou naqueles anos. Sua fantasia também apoiava-se na estranheza. Adotava às vezes disfarces, barba e bigode falsos, cabeleira de outra cor. Vinha devagar dando tempo do povo suspeitar. E não para que pensassem que ela o enganava, mas apreciava iludir e rir em seguida.

Já ela exaltava-se submissa. Ainda sofrendo a sua ausência. O seu amor em dias difíceis agitava-se de tal modo que consultava a folhinha na esperança de que fosse dia de torta de chocolate, quando ele viria na certa. Até o fim do ano a folha registrava todos os dias de sua visita. Jamais ela sugeriu mudança de data, ou maior assiduidade. Respeitava aquele sistema.

No início do mês, porém, ele chegava mais cedo trazendo o dinheiro para as despesas da casa, e o mais que ela precisasse. Jogava em cima da fruteira, ainda que ali estivessem bananas, peras, maçãs que ela adorava imaginando-se entre a neve. Não sabia explicar, mas comendo maçãs sentia-se moça fina, de luvas *pécari* importadas, falando francês e lenço de seda na cabeça. O dinheiro ali ficava até ele sair. Após sua partida, ela o colocava perto do livro de missa. Ambos submetiam-se aos ritos.

Um dia ele disse:

– Vamos sair depressa porque nunca fomos ao cinema e como quero ir ao cinema com você antes de morrer, está na hora de cumprirmos minha vontade.

Ela chorou de alegria abraçada a ele:

– Como você é meu, como você é meu!

Foram e não gostaram, ele classificando de obscenos os episódios de amor. Ela concordou, mas sua felicidade não a dispunha à insistência. Tomavam sorvete e ele reclamando. Ela lambuzou o vestido, foi aí que ele riu, gostava das suas intuições raras, o jeito de errar nas pequenas coisas.

A mãe a visitava duas, três vezes ao ano. Ainda cosia para fora. Perguntava discretamente por ele. Temia irritá-la. Nunca compreendeu aquele casamento. Na igreja ele lhe proibira o vestido de noiva alegando que a veste nupcial devia ser apreciada só pelo noivo. Mas a surpreendeu com o vestido branco, véu e grinalda, quando se viram a sós no quarto, após a cerimônia. Na primeira noite que iam desfrutar juntos ela lhe apareceu vestida como ele sonhou e ele fechou os olhos para abri-los depressa para ver se ela ainda estava ao seu lado, a mulher que ele queria e comovido falou no jeito que ela compreendia:

– Você está linda, só falta o padre nos casar de novo.

E quando no meio da noite se conheceram com o corpo ele pediu que ela repousasse porque ele é quem devia pendurar no armário o vestido de noiva comprado para ela, com nenhuma outra mulher concebia tais coisas, e ela nunca mais esqueceu.

Sempre pois que a visitava, a filha indagava pelo pai, como iam, jamais a convidando para ficar, ela que morava longe, viajava horas de trem para regressar à casa. Naquelas breves visitas, a filha de nada reclamava. Parecia encantada com o próprio estado. Nunca vira mulher mais feliz. Tinha às vezes vontade de perguntar: a que horas ele chega. Ou retardar a visita a fim de surpreendê-lo quando viesse jantar. Mas a partir das quatro, a filha inquietava-se, erguia-se seguidamente a pretexto de tolices, fingia ocupar-se, ele tomava todo o seu tempo, garantia-lhe comovida. Na despedida a mãe sempre repetia:

– Bonita a casa de vocês.

Na semana seguinte adivinhando ele perguntava:

– E sua mãe, nunca mais veio vê-la?

Ela fazia cara triste, agarrada a ele sussurrava:

– Só tenho você no mundo.

Ele a beijava e como pedindo desculpas dizia-lhe:

– Quarta-feira próxima eu volto, está contente?

Ela sorria, o rosto brilhante, os cabelos do modo que ele pedia. Os primeiros fios brancos. A todos ele respeitava pensando: esta é pura, esta é pura.

Um dia não resistiu. Chegou disfarçado, sua última tentativa de confundir os vizinhos. Em cada mão trazia uma mala. Ela sofreu antecipada aquela longa viagem. Ajudou-o como se ele estivesse cansado, a vida exigia demais dele. Trouxe-lhe água gelada, lamentando não dispor de uma fonte no quintal, haveria de enfeitá-la de pedras, talvez uma imagem. O homem bebeu. Tirou o disfarce que jamais sofrera dela qualquer restrição. E assumindo fingida independência falou alto para que ela ouvisse.

– Terminou o tempo da provação. Desta vez eu vim para ficar.

A mulher escondendo a profunda alegria olhou o homem, em seguida correu para a cozinha. Ninguém a superava nas tortas de chocolate.

VIDA DE ESTIMAÇÃO

O nascimento foi comum. Parido pela madrugada, corriam as notícias. E o trouxeram para dentro de casa, que aprendesse novos hábitos. Os vizinhos estranharam no início, mas terminaram aceitando. Especialmente quando o animal cresceu a leite, pão e vegetais. Em nenhum momento porém sua forma se modificou, para agradar ao homem, ou à mulher. Atendia ao crescimento com suas manchas brancas na pele.

Decidiram que não lhe deviam impor hábitos que contrariassem sua espécie, ou ofensivos ao gênero humano. Pois se o admitiam em casa, não era razão para considerá-lo um irmão. No entanto, quando o homem explicava a terceiro que seu interesse era um amigo como aquele, todos o felicitavam. Passaram então a servir-lhe o alimento à mesa, adventos que iam ampliando sensivelmente o campo de conquistas do animal.

Nenhum outro da sua espécie avançara tanto em direção às criaturas. Tomando leite sempre aguardava meditativo que o contemplassem, capricho que o ia embelezando. Deste modo compreendia que o amavam, semelhante espetáculo seduzindo homem e mulher.

Até que resolveram abandonar a cidade, em busca de terras distantes. Sem porém se decidirem sobre o animal que haviam criado desde o nascimento. O filho que nunca tiveram era a condenação dos vizinhos explicando o fenômeno. Pois não seria aconselhável levá-lo, aquele bezerro em pleno alvorecer, pelas dificuldades de adaptá-lo a novos ambientes, e a crueldade de o privar das terras onde vira a vida. Sua pátria.

A discussão prolongou-se até que partiram de madrugada, deixando o animal dormindo no quarto da frente, que foi seu berço. Ambos comprimindo o choro, afinal abandonar irmão ou filho, ainda que animal, já era a própria luta a se enfrentar em outras terras para as quais partiam sem outro roteiro senão a vontade de viver.

Três dias mais tarde, encontraram um estábulo, onde instalados meditavam sobre a antiga casa agora entregue ao animal. A mulher abraçando o homem e disseram ao mesmo tempo diante do carvalho:

– Uma raça inteira não se iniciou assim?

Os potes de barro acumulados de essência, panelas e a água cristalina. A urgência exigindo trabalho pesado. Queriam um dia repousar, para não pensarem na morte. As poucas palavras então trocadas dirigiam-se ao animal. O que se estaria passando com aqueles músculos em andamento, de naturalidade própria a uma espécie ardente, e que no animal representava limpeza. Confiavam no destino do bezerro, logo que se visse abandonado.

– Que não chore ao menos – ela pedia.

Servindo-se de sopa, ele acrescentava:

– Um dia, não sofreremos mais esta culpa, eu lhe prometo.

Quando das primeiras produções, bateram-lhes à porta, com violência e certeza. Estremunhado o homem deixou o bezerro entrar e só então deu-se conta de que o amor o trouxera até eles. O corpo alquebrou-se pela alegria. A mulher repetidas vezes abraçou o animal, beijando-lhe os olhos disse:

– Se você falasse, que história mais linda nos contaria.

Com mais razão agora para trabalhar, dedicaram-se à prosperidade. Mas, o bezerro, que sempre os quis imitar, nestes casos não os acompanhava. Talvez desprezasse atividades humanas. Contudo, eles compreendiam. Como se pode obrigar uma espécie estranha a assimilar hábitos, adotar normas, quando conservava, além da altivez, detalhes físicos da raça de que proviera. Às vezes, o bezerro parecia esgotado pelo esforço. E ainda que não falasse, e em nenhum momento seu vagido aproximou-se da voz humana – seu rosto trazia ao mundo expressões pungentes. Como se não lhe bastassem aquela fartura e a simplicidade terrena do homem e da mulher agitando o alimento em torno.

Não que o bezerro os desprezasse, afinal devia sua educação a eles, e também não havia avançado tanto assim, ao contrário, quantas vezes, quase esquecendo, era o puro animal em floração, revestido dos empenhos da sua raça. Mas, assimilando deles aquela desenvoltura natural dentro de casa, um estábulo que classificava com dificuldade, pois apenas a casa fora seu ninho – passou sem dúvida a criticá-los, para espanto dos próprios chifres em crescimento, e tanto era a estima.

A maneira ágil e nervosa do homem alimentar-se, a mulher pedindo amor, porque até nestes atos os surpreendera, iam constituindo para o bezerro um enredo exemplar. Seu olhar então completava, que faço numa raça menor, que vocês me deram?

Ainda tentou pastar. Pastar nutrindo-se de erva, para libertar-se da danação do alimento dos homens. Afinal, alguma raça qualquer eu mereço, o seu jeito de mastigar protestava. Foi mais além, cruzou montanhas. Foi em busca dos companheiros de adornos iguais.

Olhavam para ele, estes animais, de forma indolente, e jamais atrevida, ainda que demonstrassem certa exigência selecionando a erva. Mas, a passividade da espécie, seu jeito contemplativo pedindo deus – então os animais pediriam a divindade porque os homens lhes faltavam –, ah, em verdade, a tais espetáculos não se acostumava.

E só o animava a prosseguir a certeza de que haveria de aceitar as criaturas da casa onde morava, se encontrasse animais verdadeiramente parecidos com ele. Estranhava porém que aqueles animais perdessem a autonomia quando habitavam em tipo de casa semelhante em tudo à que sua família ocupava. Como se o homem e a mulher se decidissem por esta estranha construção, onde predominavam a erva, a palha e o excremento fresco, ali enfim onde os menores da sua espécie iam nascendo e todos parecidos – unicamente para torná-lo feliz.

Em suas peregrinações, o bezerro invadia terras alheias. Corria então o perigo de ser amarrado, tangido e crucificado. Mas, sua familiaridade com os homens se aprofundara de tal modo que em breve pareciam todos esquecê--lo, como se o confundissem com árvore, pedra, matérias ricas, apesar dos seus olhos inquietos, as pernas em larguezas selvagens podando raízes, e a cada regresso reconstituindo o pasto danificado.

O coração do bezerro crescia ante estes espantos. Tinha preguiça de continuar sondando o realismo da sua raça. Bocejava, erguia uma certa pata. Estranhava que os animais copulassem à sua frente, não os imaginava capazes de imitar o homem e a mulher, cujas intimidades perigosas algumas vezes surpreendera, quando sua pele como que queimava, mas de cujo abrasamento mantivera-se afastado por ter sempre pensado que nele a natureza obrava de modo diferente para multiplicar-se. Tanto estranhou até defender-se acreditando que os da sua espécie uniam-se errados. Glorificou então, sem arrependimentos, a raça humana. E no caminho da casa formulou: se a felicidade se faz tão hedionda, por que viajara?

No estábulo, decorado de pétalas e ramos silvestres, ardiam o homem e a mulher pela sua volta. Quem mais vivera tal expectativa? Não era fácil ter criado um bezerro que de repente, preferindo agir como animal, perdera-se em passeios sem deixar aviso.

Foi recebido como monge: a pão e água. Não merecia outra admoestação. Entrando, ele inclinou a cabeça, seu instinto fora sempre notável. O que passou despercebido a eles, ocupados em acender o fogo, cozinhar batatas, sondar as variações do tempo. A chuva exagerada os ofendia.

– Não lhe parece que o educamos errado? – A mulher conversava com o homem.

– Apenas nos enganamos quanto à estação. Que pena que não o tivéssemos amado durante o verão. Mas, escolhemos justamente o inverno.

Certificou-se a mulher se aquela verdade a atingia. O homem porém acenando-lhe com a cabeça amou-o mais intensamente, apesar do bezerro parecer-lhe de repente bem mais crescido. Exuberância que os constrangeu pela primeira vez. Como também se surpreenderam com a agressividade dos chifres, e a sabedoria distribuída ferozmente em seu rosto. Até onde vão seus recursos, embora não fale? Ambos pensavam sem queixumes.

No dia seguinte, o bezerro amanheceu do lado de fora. O homem insistindo que voltasse de novo a ocupar os mesmos aposentos. Tal sensibilidade irritava, quase lhe disse. Mas a mulher repetia o que o homem calava envergonhado:

– O que você quer? Nossa raça passou agora a lhe ofender, ou já nem ela basta?

O bezerro aceitou o desafio. Deitado no prado próximo ao estábulo deixou os dias passarem. O homem trazia-lhe alimento, mas ele não o tocava. A mulher conferindo suas lágrimas também chorava. Ambos lhe diziam:

– É mais amor ainda que lhe devemos dar?

O homem corrigia-se, afinal não devia dirigir-se ao animal em tais termos, sem que ele sofresse a realidade de jamais ter adotado todo o sistema da língua. Mas, que outras fórmulas empregar, para que o bezerro entendesse? Não suportavam mais aquela dor. Trouxeram outros animais, que ao menos identificasse os da sua raça. Porém ele, em contínuo crescimento, rejeitava. Nada o satisfazia. Nem a raça humana, nem a sua gente. Como se devesse inventar uma outra espécie, exigência que se fosse formulada obrigaria o homem a partir pelo mundo proclamando as deficiências da criação.

Até que se pensou: assim ele morre. O feiticeiro compreendeu que mesmo seus experimentos falhavam. Deus os abandonava à inocência, foi sua maior desculpa. A sentença como que os incorporava à vida do animal. Então, ordenaram, e se cumpriu. Foi arrastado até a feira, que aceitasse afinal a sua verdadeira raça. E o venderam.

OS MISTÉRIOS DE ELEUSIS

Eleusis tinha o hábito de morrer. Assumia diariamente novas formas. Um espetáculo a que eu ia me acostumando. Sem jamais saber se ela era o gato de plumas leves, vapor de ácido, que me contemplava. Ou havia se transformado em água de um rio em tormenta, para deste modo viver um estado difícil.

Sempre lhe perguntei se não seria esta dor exagerada. Ela se esfregava na grama, até eu a perder de vista. Já de volta o seu sorriso cancelava palavras. Mas eu me comprazia olhando em torno. Havia a certeza de Eleusis ocupar todas as coisas. Porém arrancando uma pera cujos delicados contornos recordavam os seios de Eleusis, eu surpreendia o protesto aflito da fruta. Procurava então investigar se involuntariamente havia mutilado Eleusis. Afligia-me que tardasse seu regresso às estruturas humanas. Cedia-lhe todo o meu tempo, até verificar que desta vez não havia ela visitado a fruta, e eu a poupara.

Não era fácil tocar nos objetos sem esquecer que de algum modo eu poderia feri-la. Às vezes, eu pensava se teria ela inventado estes jogos para me perturbar, ou simplesmente obedecera às suas virtudes de camaleão. Jamais admitiu se além de mim, a alguém mais ousara confessar estes encantos, seu jeito atrevido de assumir a natureza.

Eu estabelecera em seu corpo os pontos cardeais, as estações climáticas. E em minucioso exame procurava descobrir de que fenda do seu corpo havia saído o coelho que eu havia surpreendido com o mesmo olhar de Eleusis. Suspeitava que toda ela era mutável. Suas pernas, seu ventre de cristal, a carne inteira hábil convertendo-se em raiz para amparar simplesmente a ideia de abundância. Ela apreciava a sondagem em que o desejo havia evaporado, e me via livre na fantasia. Tocava comovida meus cabelos e os batizava: pelo de andorinha. Um capricho revelando que ainda fugazmente havia ela um dia habitado aquela espécie. Mas, eu me sabia de origem terrena, e ainda que a quisesse copiar não passaria de um corpo que o espelho confirmava escravo e de recursos modestos.

À noite Eleusis sofria transformações mais profundas. Nunca porém se recolhendo vestígios com que a localizar. Onde ela se esconderia, em que mineral se fizera. Como encontrar seu olhar de exaltada melancolia, que bem se compreendia por adotar ela sem querer formas repugnantes, quantas vezes permanecendo em tais estados por tempo indeterminado, mesmo correndo o risco de jamais regressar ao aspecto humano. Também sua rica natureza estava sujeita a equívocos. Teria um dia ferido animais miúdos, como se tivesse dentes longos, patas, reduzida ao poder da fera.

Eu a procurei sem falhar todas as noites jamais perdendo a esperança. Onde ela estivesse eu devia estar. Pisando o solo que Eleusis tornava mágico, por praticar magias. Para dar-lhe prazer, eu me fingia peixe, nadando apropriava-me do modo íntimo de quem possui guelras. Cuidando para que meu gesto não se confundisse com a aranha, não pretendia assustar Eleusis, ou despertar-lhe lembranças difíceis.

Eu me dizia não ser Eleusis a única entre os mortais a abandonar o corpo na promessa de uma outra forma, pois não a estava eu imitando? Seu poder eu perdoava por já não conseguir viver sem ela, aquela brincadeira de desaparecer eu gritando Eleusis. Embora voltasse sempre trouxe um olhar diferente. Não brinque, Eleusis, um dia ainda eu a proibirei de brincar.

Eleusis resolveu partir. Conservar-se em retiro por três dias nas montanhas. Preparou queijo de cabra, nossa obsessão. E que outro alimento viera de tão longe, vencendo a antiguidade, arrastando sua sabedoria de pedra. Ainda pão, cebola e o vinho daquelas uvas que Eleusis e eu havíamos amassado até manchar nossos rostos. Então eu a limpara com a língua em golpes ásperos, sem a ferir ou transmitir doença. Não se esqueceu da manta, que a teceu por uma semana imitando Penélope, sem admitir o gesto escravo da outra, abdicar da sua liberdade. Talvez ela soubesse que se eu não vencia mar Egeu, competia-lhe o domínio destas águas.

Não se esqueça jamais, nossas armas são idênticas, ela me dissera há muito tempo. E se foi sem despedida. Nem lhe pude perguntar você vai ampliar o seu poder, ou submeter-se às tentações? Quando quis segui-la ela disse: se me segue, não regresso nem sob a forma de vento.

Desde então me fixava no padecimento da sua pele delicada, sua voracidade de abutre, seus recursos de terra. Ia eu me enfraquecendo sob o império daquela obstinação. Quando caiu o temporal pensei: ela bem merece. Esquecia seu milagre de incorporar-se à chuva ganhando força. Mas confiava que nestes dias se abstivesse de atos desta natureza. Se elegera a montanha, a solidão, e o prazo de três dias, seguramente pretendera pela primeira vez assumir os riscos do corpo humano.

Sim, eu confiava que Eleusis sofresse, Eleusis resistisse à própria formosura, simplesmente submissa a uma imagem sem reflexos e que não se repetiria. Assim talvez perdesse o vício de ingressar na natureza alheia, para conformar-se com os limites do seu corpo, e a dor a amansasse.

Uma difícil cruzada, tudo podendo acontecer. Até Eleusis perder-se na paixão de ser o que não era, e esquecer a fórmula que habitualmente a conduzia ao seu estado anterior, e que eu conhecia. Nunca mais regressando, ou regressaria sob forma não identificada, eu esbarrava nela sem a reconhecer, Eleusis com dificuldades de explicar a sua perdição.

Eles se arrastavam lentos, aqueles dias. Eu apenas deixava a casa para visitar o jardim. Dali se enxergava a montanha onde estaria Eleusis, quem sabe cravada nas pedras. As divindades outrora ali se reuniam. Eleusis as reverenciaria sem dúvida. Seu atrevimento não se comparava ao de ninguém. Nunca foi o que se conhece, eu a explicava. Do jardim, eu buscava afastar insetos, distância, conquistar visão de águia, para a ver dormindo, ah, sua fantasia sempre me alimentou.

Jamais tranquei a porta. E não por Eleusis, ela jamais interromperia suas cerimônias por mim. Mas quando o desespero me obrigava a olhar as montanhas, eu alcançava o jardim sem enfrentar obstáculos. Somente algumas horas após o terceiro dia, descobri Eleusis mastigando frutas sobre uma árvore. E não se equivocara de árvore, conhecia-as todas. Aquela sempre fora a sua eleita. Dizia que mesmo entre os minerais havia o mais amado, quanto aos vegetais os catalogava com uma estima oscilante. E dentre as criaturas, qual a amada, perguntei-lhe com invencível aflição. Ela sorriu querendo expressar quem mais senão você. Rimos naquela tarde como só voltaríamos a rir quando me trouxe de presente, em vez da sacola em que vinha há muito trabalhando, um ovo longo, um ovo que eu jurava não ser de galinha, avestruz, pato, nenhum animal amigo o teria colecionado em suas vísceras.

Ela escandira: este é raro, o mais precioso, para isso venci todas as espécies, conheci defeitos, pujança, hesitações, como foi difícil trazer afinal da escuridão esta coisa santa. Foi ela então mexendo com o rosto do mesmo modo que eu fazia quando não podia entender o que era acima das minhas forças. E porque eu percebi que por breves instantes estivera ela roubando a minha voz, as minhas palavras, os meus pensamentos, a longa letargia através da qual eu venci a terra em busca de uma certa ordem, a ponto de mais um pouco ela exibir em seu corpo o meu corpo – começamos a rir, rir porque tivemos medo, rir porque não teríamos suportado levar às últimas consequências aquela alegria.

Pedi licença para subir à árvore. Ela logo desceu, dispensando meu socorro. Sentou-se devagar, parecia cansada, o que eu atribuía à viagem. De nós dois, ela era o herói, cabiam-me os despojos abandonados, pois eu vivia do seu momento histórico. Você constrói a minha história, confessei-lhe uma vez.

Nesta tarde eu confiei que Eleusis viesse a mim dizendo: como foi difícil, ou, milagre sem você perto para apreciar não tem graça. Percebi suas mãos trêmulas, em sucessivos movimentos alisava certas partes do corpo. Eu não sabia em que reino situá-la. Quem desaparece tanto tempo tem direito a regressar diferente, implantar por isto mesmo novos hábitos, vir uma outra pessoa. Eu corria todos os perigos, perder Eleusis sempre estivera no meu mapa, eu sabia desta verdade. Quando resolveu deitar-se, não se agitou como do seu costume. Não consentiu que eu a tocasse. Pela manhã, assumia uma docilidade jamais surpreendida nela. Durante dias agiu sem elasticidade. Não querendo deixar a casa, como se não a atraísse o mundo lá fora. Também não pediu que eu a deixasse para praticar na solidão seus atos de milagre. Eu sim a forçava, o que seria de Eleusis sem o transformar-se assíduo. Deixava a casa prometendo voltar bem mais tarde, não me aguardasse antes da noite.

Então eu a imaginava convertida em tudo que lhe acendesse a paixão, sem poder resistir à tentação de se provar, e sair forte. Seu amor pelos solos estranhos haveria de prevalecer. Mas ela não se aproveitava da minha ausência. Bastava olhar para ela. E por muito tempo viveu assim. Em nenhum momento pretendeu transferir-se para outra terra, ou mencionou a riqueza de outrora, ainda que eu a estimulasse. No entanto, agora que não deixava a casa, eu não a sentia minha. Só muito depois foi engordando. Comecei a imaginar que dentro dela alguma coisa alterava-lhe o corpo e já não dependia de sua vontade expulsar o que a habitava agora. Meu coração encolhia-se diante do novo mistério de Eleusis.

CORTEJO DO DIVINO

Submetam a mulher à expiação. Ele dizia soluçando. A cela um pouco maior do que o corpo. Amarraram seus pulsos e lhe ensinaram que devia manter-se ajoelhado. Até que confessasse:

– Sim, é amor, e vocês não sabem.

Pela madrugada bebeu leite, imitando o gato. Fartou-se do líquido, parecendo mamar as tetas de todo animal submisso. Ainda não estou livre, pensou no último esforço. E quis a liberdade, cantar e dizer:

– Eu amei até que Deus fosse esquecido.

A imagem o exaltou. A volúpia de vencer a divindade pelo poder da carne. As paredes de pedras todas riscadas com gritos, prantos e arranhaduras de unhas e garfo. Durante o dia, ainda que o libertassem das cordas, não lhe consentiram exercícios. Buscando esticar o corpo, proibiam que ele pretendesse uma aparência de vitória. O seu espaço reduzido era castigo, diziam os olhares. Ele não se importou, mas falou-lhes:

– Hei de amar até a naturalidade.

A audácia do homem, além do pranto, despertava o riso também. Mas não lhe arrancavam a história, que confesse ao menos, reclamavam os guardiães. Vez por outra aquelas palavras esparsas, que ninguém elucidava, mas que ainda haveriam de contaminar a terra.

Esforçavam-se em interpretar o texto do homem. Pelo desejo de atingir a verdade. Mas sempre que o seu grito furioso liberava a violência, e corria o perigo de confessar, provava-lhes pelo olhar, gesto, ou palavras mais perdidas ainda, que nele havia permanentemente surdas contradições. O alimento formava uma massa no estômago. Era seu grande pasto. Explicara-lhes numa manhã mais feliz.

O desespero do homem como que anunciava: estou livre do medo, pois que montanha firme me ousa receber? Ainda lhe perguntaram como procederia, no caso de trazerem a mulher.

– Com garras e dentes – sua profunda resposta.

Temeram tamanho desafio. Que quando se vissem os dois, exibisse o amor tais enunciados que nenhum outro homem da terra praticaria um dia os mesmos atos, sem conhecer desdita e repulsa pelo próprio sentimento. Aquele homem impedia que outros também amassem, fora a sentença condenatória do juiz. Daí compreender-se a cautela das autoridades diante da excentricidade merecendo punição.

No quinto dia, sua carne ainda regurgitava. Embora os pulsos quase sempre amarrados. Até seu olhar os insultar de tal modo, que o liberaram. E foi o delírio. O homem convertia a cela no paraíso. Adotando estranhas atitudes, após habitar o subsolo. Mas a exaltação daquela alegria também terminou comovendo os carcereiros. Quem podia ficar insensível à perda da razão? Ao apreciar do animal raro. Nunca se conheceu um outro homem assim. O primeiro talvez de toda a terra. A quem se devia punir.

A mulher, ainda que reagisse, compreendeu que nunca mais o veria, segundo as regras da cidade. Caminhava dia e noite, porque sua prisão, diferente da dele, era espaçosa, no antigo convento da cidade. No julgamento o juiz não ousara fixar-se na mulher. Explicando à comunidade que não conseguia evitar a repulsa que ela lhe causava. Aquela criatura que inventara um amor que os da terra não podiam seguir. Pelo que todos também o imitaram no desprezo. Pois o homem e a mulher lhes despertavam os sentimentos mais difíceis, bastando observá-los para conhecer a vergonha, aquela inseparável nostalgia dos que perderam o paraíso.

A denúncia havia surgido quando se descobriu aquela veemência. O fato do homem e da mulher terem adotado hábitos amorosos que contrariavam tudo que se inventara até então, ao menos esta era a suspeita geral. E não hesitaram eles em sorrir mesmo quando os prendiam, como obedecendo às suas regras imperiosas. Não lhes importava habitar a caverna, ou salões reais. E sempre que lhes questionavam sobre suas razões secretas, emudeciam de tanto orgulho, o olhar firme dirigido à terra que lhes parecia reduzida, os demais seres em eclipse.

Evidências confirmavam que não haviam abandonado o quarto em que se estavam amando por um período acima de quatrocentos dias, sem suas peles perderem o colorido das maçãs. Uma única voz na cidade protestara contra a arbitrariedade: o que lhes importa o exagero, não é assim que se conhece o amor?

A cidade tinha-os levado em algemas. Diante dos inimigos, durante o julgamento, comportaram-se como animais que se odiavam, mas pela profunda alegria do reencontro. Já não viviam um sem o outro. A cidade considerava todo ato indecente, pela sua porção de mistério. Especialmente após descobrirem na casa objetos de origem desconhecida, perfumes raros, as paredes revestidas de peles de animais jamais registrados naquelas regiões.

– Então, além de amantes, também são bruxos?

Na prisão, começou o homem a emagrecer após o primeiro mês do desconsolo. E lhe pediam ainda: confesse, que amor é este, o que praticavam para que a cidade se ofenda, e todos sintam vergonha? O padre falou à mulher:

– Está certo o que você fez, ou simplesmente ofendeu o Senhor?

A mulher deitou-se ao chão, contemplava o teto, e disse:

– Ah, amor – e perdeu-se, indo tão longe, um delírio delicado, nada obsceno, que o padre fugiu e confessou mais tarde:

– Vivemos um grave perigo, que somos senão sombras.

Quando começaram a ameaçá-lo com a morte da mulher a menos que falasse, ele rasgou os olhos com o garfo e aquela massa vermelha causava apreensão. Nem a morte arrebata criatura assim, e fugiram pedindo ao mesmo padre que desde então cuidasse do homem e sua invencível cegueira. Eles tinham medo e em sua companhia só enxergavam penumbras. Relataram à mulher aquele gesto. Ela não fez censuras, um sorriso benigno inundou-lhe o rosto e confessou:

– Eu sabia do seu poder, mas não o imaginei tão invencível.

Cantou até o dia seguinte, como se comemorasse a cegueira do homem, o heroísmo inútil, dizia a população, há muito incapaz de fazer amor pelo remorso e precariedade que seus corpos registravam, e agora também condenada à escuridão. Pois lhes parecia o sol mais frágil, apenas uma luz pálida invadia as casas desde as primeiras horas do dia, como se a noite mal os tivesse abandonado.

E por pretenderem libertar-se daquele estranho poder, socorriam-se de todos os recursos, alguns por pura imitação passaram a viver dias seguidos dentro dos quartos, ainda que o tédio lhes invadisse a alma. Não se suportavam mutuamente, mas muitas vozes já se pronunciavam:

— Soltem a mulher, e o homem também.

E não que os movesse a piedade, pois já se passara um ano, mas por desejarem conhecê-los em regime de liberdade. O juiz aceitou que se procedesse segundo os clamores sempre mais fortes do povo.

No dia aprazado, ela veio do convento acompanhada de pequena multidão, ele arrastando-se pelas paredes foi abandonado no pátio da prisão. O povo apreciaria o encontro. Não haviam dito ao homem que além de suportar a cegueira, a súbita liberdade, também reencontraria a mulher, confissão reservada para quando os vissem próximos, em mútuas efusões perdendo qualquer maravilha.

A mulher colocou-se ao lado do homem, e o observou como se fosse ele uma pedra. E como se ainda contasse com os olhos, o homem dirigiu-se para onde ela estava, orientado talvez pelo cheiro, e pareciam estátuas de sal. Foram andando sem trocar palavras. Ela na frente fazendo ruídos com os sapatos, para que ele, que naqueles meses seguramente aguçara suas percepções, viesse atrás e a seguisse sem ela o socorrer.

O povo ressentia-se com o espetáculo da indiferença. Da dignidade, acrescentou o mesmo homem que sempre os defendeu. Embora confiassem que haveriam eles logo de revelar a verdade do seu amor através de algum gesto furtivo, a que estariam todos prontos a registrar. E passaram a segui-los por onde se dirigissem. Quando se detinham na estrada, velavam toda noite para surpreendê-los. Não suportavam que agissem obedecendo a estranhas transações, que harmonias profundas agarrassem criaturas e as tornassem espelho uma da outra.

A partir daquele dia, jamais se tocaram uma única vez, ou se disseram uma palavra. Nem ela o ajudou, pelo fato de ele agora exigir trato especial. Ou ele, que cuidara de elevar o orgulho às montanhas mais avançadas, estendeu a mão para pedir socorro. E quando se fazia mais discreto o ruído da

mulher, por razões do solo talvez, ou pela exaustão da caminhada e da miséria em que agora viviam, e tombava ele no chão, apalpando as pedras, ela
ficava simplesmente olhando, sem se registrar no seu rosto expressão de dor,
ou vontade de ajudá-lo. Erguia-se sozinho o homem e seu olhar jamais reve-
lou uma agonia, parecia compreender que ela agia segundo sua salvação.

Também não procuraram fugir da cidade, para se entregarem ao amor
que por tanto tempo defenderam. Antes distribuíam pela cidade a visão diária
da sua vida comum. De modo que a cidade, que os seguia com o propósito de
descobrir a origem de semelhante força, de onde provinha tanta esperteza,
terminou desesperando-se com aquela paisagem desoladora. Não exatamente
constituída pelo homem e a mulher, cujos corpos se consumiam como se
estivessem ainda dentro do quarto perdidos em longos episódios de amor,
para isto alimentados por poderosa memória que além de vasculhar o passado, trazia-os ao presente sem qualquer ruptura. Mas pela própria cidade já
sem condições de resistir a eles.

Viviam eles de frutas, raízes, e todo alimento que a cidade lhes deixava
na estrada, para que o apanhassem, ali ficava até apodrecer. E sempre que um
estranho os tocava, seus corpos agonizavam como se regressassem à prisão.
Os pássaros e os animais sim lambiam-lhes as pernas, e manifestavam-se.

Não se descuidavam eles um minuto da punição. Também não se
escondiam atrás de árvores, cavernas. Buscavam o descampado, as praças,
as ruas largas, para que não acreditassem que entre eles se estabelecera ainda
que brevemente qualquer comunicação, ou gesto de amor. A procissão atrás
testemunhava a lisura daquele proceder. Embora alguns dissessem até quando resistiriam, se não seria inútil o cortejo, e outros proclamassem mas que
amor é este que nos devora, e já não existimos.

Até que ofereceram ao homem um cajado, para que se defendesse da
escuridão. Ele o atirou para longe, mas os que o seguiam passaram a adotar
o hábito de apoiar-se em bengalas, cajados, o que fosse de madeira.
Queriam eles o sacrifício, e alguns tão exagerados se dependuravam nas
árvores, ali ficando amarrados algumas horas sofrendo sede e o desespero
dos músculos.

Eles porém repousavam sobre pedras, sem jamais nos últimos tempos ela olhar o companheiro. Pois não somente a mulher atingira a perfeição na questão dos ruídos, para ele se ferir sempre menos, como o imitava assimilando solidária a sua cegueira, buscando ir de encontro aos galhos espinhosos que o haviam ferido antes, de modo que a dor do homem também se transmitisse ao seu corpo. Ambos acentuavam os desastres de certas formas físicas, e vendo-os sangrar a cidade sofria no seu permanente cortejo.

Ninguém mais suportava aquela altiva resistência. Os dois rostos destilando um prazer diário, mas de fúria tão esquiva que se abrigava, e jamais se viu sua luxúria. Até que o prefeito disse:

— Eles venceram e não os seguiremos mais. Se quiserem, podemos mesmo matá-los.

A proposta foi recusada. Aquele amor ainda haveria de se esgotar um dia, defendiam eles agora todo estigma. Atrás deles, o cortejo visitava ruas, campos, caçando borboletas, maravilhas. O sentimento do divino. Embora vivessem o homem e a mulher na escuridão.

ORIENTE PRÓXIMO

Os quatro turquinhos chegaram. Não apreciavam cebola. Como que adivinhando, nada lhes ofertei. Talvez por esta razão me olhassem com serventia. A gratidão dos turquinhos representava um pedaço de terra arada. Eles sempre amaram o solo. Disseram uma vez e eu aceitei.

– De onde viemos, além das cabras, as grandes oliveiras.

Imaginei-os então sob as árvores crescidas, buscando sombra, embora a pele queimada. Jamais os conheci separados. Ainda que desconhecesse os motivos de sangue ou língua que os haviam unido. Também pensei bobagem saber, o que me adianta. O português falavam bem. Especialmente o francês. E não por terem vivido em escravidão que o aprenderam. Mais por afinidade o olhar deles dizia. Compravam revistas e liam. Só ao final reverenciavam-me:

– A cada dia conhecemos o mundo melhor.

Nem a estas palavras eu assinalava no meu rosto o destino de querê-los. Temia que considerassem frívola qualquer reação, e cuidava em não feri-los. Eles os amigos mais queridos. Os primeiros turquinhos em minha vida. No início a amizade foi difícil. Um amigo conquista-se sempre com luta. Quatro turquinhos especialmente. Eu disse para que outros testemunhassem:

– Amizade assim eu não preciso. Amigo deve surgir igual planta, a gente sabe que foi difícil crescer, mas a gente não viu. Só colhe e aprecia, leva para casa se quiser, pondo no vaso.

Mas eles insistiram. Jamais lhes perguntei: por quê, meus amigos? Talvez respondessem desde quando somos amigos, turquinhos se agregam de forma diferente, não é como pensa, o que você interpreta como amizade é espinho da vida.

A primeira manifestação de estima veio sob a forma de uma cesta, com queijos e figos frescos. Em tamanha abundância que pensei no sacrifício de consumir aquela ração. Metade coloquei na geladeira. E vivendo sozinha a solução seria convidá-los e outros amigos. Para minha surpresa, vestiam roupa de cerimônia. Temi ofendê-los com minha simplicidade. Afinal eu os convidara para queijos e figos frescos e a modéstia da minha casa. Apresentei-os aos que já se alimentavam, e um dos turquinhos disse como se falasse por todos:

— Nossa alegria compara-se à frescura dos figos e à retidão dos queijos brancos.

Por sorte eu prevenira aos amigos sobre o estranho comportamento que adotariam sem aviso. Vinham de terras longínquas, de hábitos peculiares, que devíamos respeitar, antes de julgá-los engraçados. De modo que, às suas palavras, meus amigos levantaram-se e abraçaram-se efusivos. Nunca eu os vira tão próximos do jardim de Getsêmani, o que me obrigou a pensar: sou uma mulher orgulhosa.

Dedicamo-nos ao triunfo, naquela noite. Os homens olhando as mulheres como se lhes tributassem a graça de amá-las porque Deus as fizera diferentes deles. E não as amariam menos se tivessem sido feitas em tudo à semelhança do homem. Milagre sim que se deveu à presença dos turquinhos.

Meses depois eles confessaram que tinham uma casa e que eu seria convidada brevemente. Enfrentei a situação cuidando de não errar. A eles eu devia cautelas. Suspeita que aliás os lisonjeava. Compungida, afirmei-lhes, em estado de luto:

— Quando chegar a primavera, irei visitá-los.

Exatamente o que eles pretendiam de mim. Os quatro me beijaram, um beijo delicado, e os imaginei um corpo de pele lisa, superfície de flor. Preparei-me para a visita, logo que insinuassem o convite raro. Aquela raça eu compreendia. Confiava nas suas dificuldades, atraentes como as imagens que se deformam quando apreendidas através do véu. E se não fosse deste modo, o que eu haveria de fazer com quatro turquinhos simples, cheirando a leite, mas sem os vícios da cabra, apreciando o azeite, mas sem o feitiço da azeitona?

Encontrei-os um dia no jardim público. Comemoravam a data nacional da sua aldeia comendo sanduíches como se estivessem no campo. Levantei-me para brindar semelhante festa, mas com um discreto gesto o mais velho assegurou-me com uma tristeza que ameaçava nossa amizade:

— Ainda não. Só quando formos uma terra livre.

Em casa procurei localizar no mapa aquela estranha nostalgia. Em algum ponto daquele roteiro infindável eu precisava encontrar a terra dos turquinhos, a referência indispensável. De que outro modo participaria da tristeza que comemoravam comendo sanduíches no parque, os quatro sempre unidos, se não dizendo-lhes de surpresa, um dia irei visitar sua terra, também lutarei por sua liberdade, ou não basta minha vida? Porém, não dispondo de informações, pensei, não tem importância, seus inimigos hão de perecer.

Após aquele encontro, não os vi por muito tempo. Cheguei a temer uma ofensa inadvertida, este meu jeito de abraçar com força quando apenas devia ter esticado a mão e cumprimentar. Ainda busquei os caminhos em que normalmente transitavam, sem ter a quem apelar. Nunca tivemos amigos comuns. Os participantes do banquete dos queijos e figos eles excluíram nos dias subsequentes. E de forma tão delicada que não pude repreendê-los, ou apreciá-los menos. O mais jovem com a minha mão na sua dissera:

– Bendita a mão que seleciona amigos e divide você.

Eles me exigiam exclusiva, compreendi, como era hábito em sua terra. Mesmo não sendo mulher deles, devia comportar-me como se o fosse. E não tendo eles aparecido por tempo tão longo, imaginei-os desembarcados na pátria, combatendo os inimigos nas montanhas, talvez morrendo pela liberdade exaltada naquele dia em que os encontrei supostamente apaixonados, embora a melancolia que se notava após prolongada apuração.

Quando comecei a ler jornais que reverenciavam os guerreiros sacrificados, eles me apareceram de luto, todos os quatro. Sem dizer palavra, sentaram-se nos lugares de sua preferência. Nunca se enganaram de cadeira, eu os observava querendo assinalar algum equívoco. Às vezes, eu trocava os assentos de lugar para que se confundissem. Ainda assim, eram fiéis. Cumpriam minha vontade, porque sempre desejei que acertassem, a tal ponto me atraíam aqueles turquinhos de uma aldeia escrava.

Lamentei a ausência prolongada, a razão de não procurá-los eles conheciam bem. E aguardei que me liberassem para o consolo, quando eu lhes confessaria que também um dia eu havia seguido em prantos um corpo amado. Porém nos mantivemos em silêncio, até me entregarem uma tarjeta e despediram-se. Nem um nome, uma palavra, além de um endereço que logo supus ser da casa em que moravam. Não era fácil submeter-se aos enigmas, ou atingir a claridade que aquela raça particularmente apreciou a ponto de perder-se em investigações que buscaram sempre o firmamento. Mas de repente eu compreendi que chegara a hora da visita.

Era uma vila com casas de cores diversas. A deles ocupava o final do corredor. As janelas de azul. Beijaram-me nos olhos, bendizendo a visão que haveria de apreciá-los em sua morada. A saliva tênue de cada criatura no meu rosto, com esta matéria analisei a casa abrindo-se para me receber. Eu aprendia a paixão da hospitalidade, com aqueles turquinhos, e ainda um sentimento forte atravessando fronteiras, em que eu passava a confiar. Os irmãos das terras escravas valorizam mais do que nós as suas possessões, daí sua dádiva e altivez.

Comemos o repasto que eles decidiram e muitas vezes desejei indagar se algum daqueles alimentos provinha da terra natal. Evitei a pergunta, para não pensarem que me desagradara a seleção dos pratos, ou estaria reclamando o alimento estrangeiro, ou talvez exigisse muito mais, não me bastara a abundância. Também eu aprendia a circular em labirintos, como eles gostavam e eram felizes. A única escuridão da vida era a lembrança da terra subjugada. Fui sem querer fechando os olhos, incapaz de dizer-lhes que devia afinal deixar a casa. Minha partida haveria de causar alegrias e tristezas alternadas, enfim como analisar o sentimento dos meus turquinhos?

Um deles levantou-se e disse, para adivinhar:

— Certas flores sofrem à noite mais do que outras.

Puseram-me na cama do quarto maior. Em torno velaram meu sono, os quatro turquinhos, o que só descobri na manhã seguinte, com o café na mesa. Eu não conseguia agradecer o zelo. Eles sorriam e eu apreciei o café.

— Acaso eu ronco? – foi a única liberdade de toda a visita. Abraçando-me disseram, o primeiro seguido pelos outros:

— O que os amigos fazem nunca chegamos a descobrir.

Eu ardia em decifrar os laços que os uniam. Ou as designações que traziam de batismo. Mas talvez por não se divulgarem sobrenomes em suas terras, como de hábito entre nós, nunca soube apresentá-los formalmente, ou subscrever corretamente uma carta que se dirigisse a eles. Chamava-os simplesmente em conjunto os quatro turquinhos. Como ficaram conhecidos em nossa cidade. Eles sorriam ante a pausa que eu fazia na expectativa de que eles revelassem afinal os seus nomes.

Mais tarde surpreendi o mais velho no mercado. Lidando com frutas com uma intensidade que unicamente o pagão sabe esgotar. O que não era o seu caso, todos rezavam e nos seus rostos eu surpreendi um vestígio de penitência. Pensei resoluta: hoje preciso conhecê-los. Mas ele avançou primeiro:

– Eu já não podia viver sem você.

Falou sério e a contribuição da amizade me enalteceu. Enquanto eu olhava, ele indicou as frutas:

– Cuido de todas elas, cada qual de uma raça trazendo orgulho na casca. Às vezes, apodrecem em horas. Já pensou o que é lidar com coisa tão delicada?

Ele descascou a laranja dividindo os gomos entre nós dois:

– Agora estamos unidos para sempre.

Parecia casamento oriental. Bebia-se vinho logo despedaçando-se a taça. Os outros chegaram e o imitaram. Senti-me unida a todos, o nosso secreto matrimônio. Passeamos pela praia, arriscamos com urgência a vida e nos queríamos. Naquela noite sem remorsos eu podia dizer: não é segurança que eu buscava?

Por algum tempo esqueci de vê-los. Mas como a laranja nos unira, não tínhamos pressa de renovar a estima. Semanas depois, comecei a temer. E não ousava vê-los em casa. A hospitalidade daquela visita não podia ser explorada continuamente. O mercado pareceu-me o lugar para nosso encontro. Pus o vestido de *laise*, branco e impecável, e nem verão era ainda. Eu confiava nos cabelos negros, os olhos escuros daquela gente. Que me julgaria, de mais ninguém eu precisava. Surpreendi-me com a loja fechada, o povo abastecendo-se. Percorri o mercado querendo saber sozinha, não desejando inquirir os vizinhos sobre os acontecimentos. Na manhã seguinte, renovei a visita. E já não suportava o vestido de *laise*. E durante dias prestei-lhes a mesma homenagem. Sentia-me lidando com mortos, e não morreram acaso sempre que não me viam?

A visita do homem de preto não me assustou como eu pensava.

– O que deseja? – disse-lhe.

– Também sou da mesma raça – respondeu ele.

Entre tantas raças do mundo imaginei a qual delas precisamente referia-se. Não admitindo que eu duvidasse, ele completou:

– Agora que já sabe, aqui está a carta que a senhora esperava.

Embora o espetáculo fluísse livre, ainda quis rebelar-me rejeitando a mensagem, afastando a certeza da visita do homem. Acabei agradecendo de forma precária aquela presença. Porém ele cultivava a piedade e insistiu:

– Acaso preciso ficar para que a leiamos juntos?

Não sabia agora se apreciava sua rudeza, ou a estranha doçura que invadira seu rosto, os avisos do mundo assinalados em sua pele rigorosamente igual à dos meus amigos. Dentro do ritual que eu havia assimilado, enchi dois copos e bebemos água fresca de um só golpe. Ele julgou-se pronto para partir. Antes beijou meu rosto dizendo e eu consenti também:

– Há muito eu não me comovia tanto vendo um navio partir!

A dor ficou gravada no meu rosto, suponho agora que ele se foi. Ainda quis socorrer-me, ele que mergulhou a adaga no peito. Guardei a carta na gaveta sem lê-la. Até hoje ainda ali se encontra. Conheço com certeza suas palavras. Um dia a lerei sem choros.

COLHEITA

Um rosto proibido desde que crescera. Dominava as paisagens no modo ativo de agrupar frutos e os comia nas sendas minúsculas das montanhas, e ainda pela alegria com que distribuía sementes. A cada terra a sua verdade de semente, ele se dizia sorrindo. Quando se fez homem encontrou a mulher, ela sorriu, era altiva como ele, embora seu silêncio fosse de ouro, olhava-o mais do que explicava a história do universo. Esta reserva mineral o encantava e por ela unicamente passou a dividir o mundo entre amor e seus objetos. Um amor que se fazia profundo a ponto de se dedicarem a escavações, refazerem cidades submersas em lava.

A aldeia rejeitava o proceder de quem habita terras raras. Pareciam os dois soldados de uma fronteira estrangeira, para se transitar por eles, além do cheiro da carne amorosa, exigiam eles passaporte, depoimentos ideológicos. Eles se preocupavam apenas com o fundo da terra, que é o nosso interior, ela também completou seu pensamento. Inspirava-lhes o sentimento a conspiração das raízes que a própria árvore, atraída pelo sol e exposta à terra, não podia alcançar, embora se soubesse nelas.

Até que ele decidiu partir. Competiam-lhe andanças, traçar as linhas finais de um mapa cuja composição havia se iniciado e ele sabia hesitante. Explicou à mulher que para a amar melhor não dispensava o mundo, a transgressão das leis, os distúrbios dos pássaros migratórios. Ao contrário, as criaturas lhe pareciam em suas peregrinações simples peças aladas cercando alturas raras.

Ela reagiu, confiava no choro. Apesar do rosto exibir naqueles dias uma beleza esplêndida a ponto de ele pensar estando o amor com ela por que buscá-lo em terras onde dificilmente o encontrarei, insistia na independência. Sempre os de sua raça adotaram comportamento de potro. Ainda que ele em especial dependesse dela para reparar certas omissões fatais.

Viveram juntos todas as horas disponíveis até a separação. Sua última frase foi simples: com você conheci o paraíso. A delicadeza comoveu a mulher, embora os diálogos do homem a inquietassem. A partir desta data trancou-se dentro de casa. Como os caramujos que se ressentem com o excesso da claridade. Compreendendo que talvez devesse preservar a vida de modo mais intenso, para quando ele voltasse. Em nenhum momento deixava de alimentar a fé, fornecer porções diárias de carpas oriundas de águas orientais ao seu amor exagerado.

Em toda a aldeia a atitude do homem representou uma rebelião a se temer. Seu nome procuravam banir de qualquer conversa. Esforçavam-se em demolir o rosto livre e sempre que passavam pela casa da mulher faziam de conta que jamais ela pertencera a ele. Enviavam-lhe presentes, pedaços de toicinho, cestas de pera, e poesias esparsas. Para que ela interpretasse através daqueles recursos o quanto a consideravam disponível, sem marca de boi e as iniciais do homem em sua pele.

A mulher raramente admitia uma presença em sua casa. Os presentes entravam pela janela da frente, sempre aberta para que o sol testemunhasse a sua própria vida, mas abandonavam a casa pela porta dos fundos, todos aparentemente intocáveis. A aldeia ia lá para inspecionar os objetos que de algum modo a presenciaram e eles não, pois dificilmente aceitavam a rigidez dos costumes. Às vezes ela se socorria de um parente, para as compras indispensáveis. Deixavam eles então os pedidos aos seus pés, e na rápida passagem pelo interior da casa procuravam a tudo investigar. De certo modo ela consentia para que vissem o homem ainda imperar nas coisas sagradas daquela casa.

Jamais faltou uma flor diariamente renovada próxima ao retrato do homem. Seu semblante de águia. Mas, com o tempo, além de mudar a cor do vestido, antes triste agora sempre vermelho, e alterar o penteado, pois decidira manter os cabelos curtos, aparados rentes à cabeça – decidiu por eliminar o retrato. Não foi fácil a decisão. Durante dias rondava o retrato, sondou os olhos obscuros do homem, ora o condenava, ora o absolvia: porque você precisou da sua rebeldia, eu vivo só, não sei se a guerra tragou você, não sei sequer se devo comemorar sua morte com o sacrifício da minha vida.

Durante a noite, confiando nas sombras, retirou o retrato e o jogou rudemente sobre o armário. Pôde descansar após a atitude assumida. Acreditou deste modo poder provar aos inimigos que ele habitava seu corpo independente da homenagem. Talvez tivesse murmurado a algum dos parentes, entre descuidada e oprimida, que o destino da mulher era olhar o mundo e sonhar com o rei da terra.

Recordava a fala do homem em seus momentos de tensão. Seu rosto então igualava-se à pedra, vigoroso, uma saliência em que se inscreveria uma sentença, para permanecer. Não sabia quem entre os dois era mais sensível à violência. Ele que se havia ido, ela que tivera que ficar. Só com os anos foi compreendendo que se ele ainda vivia tardava em regressar. Mas, se morrera, ela dependia de algum sinal para providenciar seu fim. E repetia temerosa e exaltada: algum sinal para providenciar meu fim. A morte era uma vertente exagerada, pensou ela olhando o pálido brilho das unhas, as cortinas limpas, e começou a sentir que unicamente conservando a vida homenagearia aquele amor mais pungente que búfalo, carne final da sua espécie, embora tivesse conhecido a coroa quando das planícies.

Quando já se tornava penoso em excesso conservar-se dentro dos limites da casa, pois começara a agitar nela uma determinação de amar apenas as coisas venerandas, fossem pó, aranha, tapete rasgado, panela sem cabo, como que adivinhando ele chegou. A aldeia viu o modo de ele bater na porta com a certeza de se avizinhar ao paraíso. Bateu três vezes, ela não respondeu. Mais três e ela, como que tangida à reclusão, não admitia estranhos. Ele ainda herói bateu algumas vezes mais, até que gritou seu nome, sou eu, então não vê, então não sente, ou já não vive mais, serei eu logo o único a cumprir a promessa?

Ela sabia agora que era ele. Não consultou o coração para agitar-se, melhor viver a sua paixão. Abriu a porta e fez da madeira seu escudo. Ele imaginou que escarneciam da sua volta, não restava alegria em quem o recebia. Ainda apurou a verdade: se não for você, nem preciso entrar. Talvez tivesse esquecido que ele mesmo manifestara um dia que seu regresso jamais seria comemorado, odiaria o povo abundante na rua vendo o silêncio dos dois após tanto castigo.

Ela assinalou na madeira a sua resposta. E ele achou que devia surpreendê-la segundo o seu gosto. Fingia a mulher não perceber seu ingresso casa adentro, mais velho sim, a poeira colorindo original as suas vestes.

Olharam-se como se ausculta a intrepidez do cristal, seus veios limpos, a calma de perder-se na transparência. Agarrou a mão da mulher, assegurava-se de que seus olhos, apesar do pecado das modificações, ainda o enxergavam com o antigo amor, agora mais provado.

Disse-lhe: voltei. Também poderia ter dito: já não te quero mais. Confiava na mulher; ela saberia organizar as palavras expressas com descuido. Nem a verdade, ou sua imagem contrária, denunciaria seu hino interior. Deveria ser como se ambos conduzindo o amor jamais o tivessem interrompido.

Ela o beijou também com cuidado. Não procurou sua boca e ele se deixou comovido. Quis somente sua testa, alisou-lhe os cabelos. Fez-lhe ver o seu sofrimento, fora tão difícil que nem seu retrato pôde suportar. Onde estive então nesta casa, perguntou ele, procure e em achando haveremos de conversar. O homem se sentiu atingido por tais palavras. Mas as peregrinações lhe haviam ensinado que mesmo para dentro de casa se trazem os desafios.

Debaixo do sofá, da mesa, sobre a cama, entre os lençóis, mesmo no galinheiro, ele procurou, sempre prosseguindo, quase lhe perguntava: estou quente ou frio. A mulher não seguia suas buscas, agasalhada em um longo casaco de lã, agora descascava batatas imitando as mulheres que encontram alegria neste engenho. Esta disposição da mulher como que o confortava. Em vez de conversarem, quando tinham tanto a se dizer, sem querer eles haviam começado a brigar. E procurando ele pensava onde teria estado quando ali não estava, ao menos visivelmente pela casa.

Quase desistindo encontrou o retrato sobre o armário, o vidro da moldura todo quebrado. Ela tivera o cuidado de esconder seu rosto entre cacos de vidro, quem sabe tormentas e outras feridas mais. Ela o trouxe pela mão até a cozinha. Ele não se queria deixar ir. Então, o que queres fazer aqui? Ele respondeu: quero a mulher. Ela consentiu. Depois porém ela falou: agora me siga até a cozinha.

— O que há na cozinha?

Deixou-o sentado na cadeira. Fez a comida, se alimentaram em silêncio. Depois limpou o chão, lavou os pratos, fez a cama recém-desarrumada, tirou o pó da casa, abriu todas as janelas quase sempre fechadas naqueles anos de sua ausência. Procedia como se ele ainda não tivesse chegado, ou como se jamais houvesse abandonado a casa, mas se faziam preparativos sim de festa. Vamos nos falar ao menos agora que eu preciso?, ele disse.

– Tenho tanto a lhe contar. Percorri o mundo, a terra, sabe, e além do mais...

Eu sei, ela foi dizendo depressa, não consentindo que ele dissertasse sobre a variedade da fauna, ou assegurasse a ela que os rincões distantes ainda que apresentem certas particularidades de algum modo são próximos a nossa terra, de onde você nunca se afastou porque você jamais pretendeu a liberdade como eu. Não deixando que lhe contasse, sim que as mulheres, embora louras, pálidas, morenas e de pele de trigo, não ostentavam seu cheiro, a ela ele a identificaria mesmo de olhos fechados. Não deixando que ela soubesse das suas campanhas: andou a cavalo, trem, veleiro, mesmo helicóptero, a terra era menor do que supunha, visitara a prisão, razão de ter assimilado uma rara concentração de vida que em nenhuma parte senão ali jamais encontrou, pois todos os que ali estavam não tinham outro modo de ser senão atingindo diariamente a expiação.

E ela, não deixando ele contar o que fora o registro da sua vida, ia substituindo com palavras dela então o que ela havia sim vivido. E de tal modo falava como se ela é que houvesse abandonado a aldeia, feito campanhas abolicionistas, inaugurado pontes, vencido domínios marítimos, conhecido mulheres e homens, e entre eles se perdendo pois quem sabe não seria de sua vocação reconhecer pelo amor as criaturas. Só que ela falando dispensava semelhantes assuntos, sua riqueza era enumerar com volúpia os afazeres diários a que estivera confinada desde a sua partida, como limpava a casa, ou inventara um prato talvez de origem dinamarquesa, e o cobriu de verdura, diante dele fingia-se coelho, logo assumindo o estado que lhe trazia graça, alimentava-se com a mão e sentia-se mulher; como também simulava escrever cartas jamais enviadas pois ignorava onde encontrá-lo; o quanto fora penoso decidir-se sobre o destino a dar a seu retrato, pois ainda que praticasse a violência contra ele, não podia esquecer que o homem sempre estaria presente; seu modo de descascar frutas, tecendo delicadas combinações de desenho sobre a casca, ora pondo em relevo um trecho maior da polpa, ora deixando o fruto revestido apenas de rápidos fiapos de pele; e ainda a solução encontrada para se alimentar sem deixar a fazenda em que sua casa se convertera, cuidara então em admitir unicamente os de seu sangue sob a condição da rápida permanência, o tempo suficiente para que eles vissem que apesar da distância do homem ela tudo fazia para homenageá-lo, alguns da aldeia porém, que ele soubesse agora, teimaram em lhe fazer regalos, que se antes a irritavam, terminaram por agradá-la.

– De outro modo, como vingar-me deles?

Recolhia os donativos, mesmo os poemas, e deixava as coisas permanecerem sobre a mesa por breves instantes, como se assim se comunicasse com a vida. Mas, logo que todas as reservas do mundo que ela pensava existirem nos objetos se esgotavam, ela os atirava à porta dos fundos. Confiava que eles próprios recolhessem o material para não deteriorar em sua porta.

E tanto ela ia relatando os longos anos de sua espera, um cotidiano que em sua boca alcançava vigor, que temia ele interromper um só momento o que ela projetava dentro da casa como se cuspisse pérolas, cachorros miniaturas, e uma grama viçosa, mesmo a pretexto de viver junto com ela as coisas que ele havia vivido sozinho. Pois quanto mais ela adensava a narrativa, mas ele sentia que além de a ter ferido com o seu profundo conhecimento da terra, o seu profundo conhecimento da terra afinal não significava nada. Ela era mais capaz do que ele de atingir a intensidade, e muito mais sensível porque viveu entre grades, mais voluntariosa por ter resistido com bravura os galanteios. A fé que ele com neutralidade dispensara ao mundo a ponto de ser incapaz de recolher de volta para seu corpo o que deixara tombar indolente, ela soubera fazer crescer, e concentrara no domínio da sua vida as suas razões mais intensas.

À medida que as virtudes da mulher o sufocavam, as suas vitórias e experiências iam-se transformando em uma massa confusa, desorientada, já não sabendo ele o que fazer dela. Duvidava mesmo se havia partido, se não teria ficado todos estes anos a apenas alguns quilômetros dali, em degredo como ela, mas sem igual poder narrativo.

Seguramente ele não lhe apresentava a mesma dignidade, sequer soubera conquistar seu quinhão na terra. Nada fizera senão andar e pensar que aprendeu verdades diante das quais a mulher haveria de capitular. No entanto, ela confessando a jornada dos legumes, a confecção misteriosa de uma sopa, selava sobre ele um penoso silêncio... A vergonha de ter composto uma falsa história o abatia. Sem dúvida estivera ali com a mulher todo o tempo, jamais abandonara a casa, a aldeia, o torpor a que o destinaram desde o nascimento, e cujos limites ele altivo pensou ter rompido.

Ela não cessava de se apoderar das palavras, pela primeira vez em tanto tempo explicava sua vida, tinha prazer de recolher no ventre, como um tumor que coça as paredes íntimas, o som da sua voz. E enquanto ouvia a mulher, devagar ele foi rasgando o seu retrato, sem ela o impedir, implorasse não, esta é a minha mais fecunda lembrança. Comprazia-se com a nova paixão, o mundo antes obscurecido que ela descobriu ao retorno do homem.

Ele jogou o retrato picado no lixo e seu gesto não sofreu ainda desta vez advertência. Os atos favoreciam a claridade e para não esgotar as tarefas a que pretendia dedicar-se, ele foi arrumando a casa, passou pano molhado nos armários, fingindo ouvi-la ia esquecendo a terra no arrebato da limpeza. E quando a cozinha se apresentou imaculada, ele recomeçou tudo de novo, então descascando frutas para a compota enquanto ela lhe fornecia histórias indispensáveis ao mundo que precisaria apreender uma vez que a ele pretendia dedicar-se para sempre. Mas de tal modo agora arrebatava-se que parecia distraído, como pudesse dispensar as palavras encantadas da mulher para adotar afinal o seu universo.

O CALOR DAS COISAS

I LOVE MY HUSBAND

Eu amo meu marido. De manhã à noite. Mal acordo, ofereço-lhe café. Ele suspira exausto da noite sempre maldormida e começa a barbear-se. Bato-lhe à porta três vezes, antes que o café esfrie. Ele grunhe com raiva e eu vocifero com aflição. Não quero meu esforço confundido com um líquido frio que ele tragará como me traga duas vezes por semana, especialmente no sábado.

Depois, arrumo-lhe o nó da gravata e ele protesta por consertar-lhe unicamente a parte menor de sua vida. Rio para que ele saia mais tranquilo, capaz de enfrentar a vida lá fora e trazer de volta para a sala de visitas um pão sempre quentinho e farto.

Ele diz que sou exigente, fico em casa lavando a louça, fazendo compras, e ainda por cima reclamo da vida, enquanto ele constrói o seu mundo com pequenos tijolos. E ainda que alguns destes muros venham ao chão, os amigos o cumprimentam pelo esforço de criar olarias de barro, todas sólidas e visíveis.

A mim também me saúdam por alimentar um homem que sonha com casas-grandes, senzalas e mocambos, e assim faz o país progredir. E é por isto que sou a sombra do homem que todos dizem eu amar. Deixo que o sol entre pela casa, para dourar os objetos comprados com o esforço comum. Embora ele não me cumprimente pelos objetos fluorescentes. Ao contrário, através da certeza do meu amor, proclama que não faço outra coisa senão consumir o dinheiro que ele arrecada no verão. Eu peço então que compreenda minha nostalgia por uma terra antigamente trabalhada pela mulher, ele franze o rosto como se eu lhe estivesse propondo uma teoria que envergonha a família e a escritura definitiva do nosso apartamento.

O que mais quer, mulher, não lhe basta termos casado em comunhão de bens? E dizendo que eu era parte do seu futuro, que só ele porém tinha o direito de construir, percebi que a generosidade do homem habilitava-me a ser apenas dona de um passado com regras ditadas no convívio comum.

Comecei a ambicionar que maravilha não seria viver apenas no passado, antes que este tempo pretérito nos tenha sido ditado pelo homem que dizemos amar. Ele aplaudiu o meu projeto. Dentro de casa, no forno que era o lar, seria fácil alimentar o passado com ervas e mingau de aveia, para que ele, tranquilo, gerisse o futuro. Decididamente, não podia ele preocupar-se com a matriz do meu ventre, que devia pertencer-lhe de modo a não precisar cheirar o meu sexo para descobrir quem mais, além dele, ali estivera, batera--lhe à porta, arranhara suas paredes com inscrições e datas.

Filho meu tem que ser só meu, confessou aos amigos no sábado do mês que recebíamos. E mulher tem que ser só minha e nem mesmo dela. A ideia de que eu não podia pertencer-me, tocar no meu sexo para expurgar-lhe os excessos, provocou-me o primeiro sobressalto na fantasia do passado em que até então estivera imersa. Então o homem, além de me haver naufragado no passado, quando se sentia livre para viver a vida a que ele apenas tinha aces- so, precisava também atar minhas mãos, para minhas mãos não sentirem a doçura da própria pele, pois talvez esta doçura me ditasse em voz baixa que havia outras peles igualmente doces e privadas, cobertas de pelo felpudo, e com a ajuda da língua podia lamber-se o seu sal?

Olhei meus dedos revoltada com as unhas longas pintadas de roxo. Unhas de tigre que reforçavam a minha identidade, grunhiam quanto à ver- dade do meu sexo. Alisei meu corpo, e pensei, acaso sou mulher unicamente pelas garras longas e por revesti-las de ouro, prata, do ímpeto do sangue de um animal abatido no bosque? Ou porque o homem adorna-me de modo a que quando tire estas tintas de guerreira do rosto surpreende-se com uma face que lhe é estranha, que ele cobriu de mistério para não me ter inteira?

De repente, o espelho pareceu-me o símbolo de uma derrota que o homem trazia para casa e tornava-me bonita. Não é verdade que te amo, marido?, perguntei-lhe enquanto lia os jornais, para instruir-se, e eu varria as letras de imprensa cuspidas no chão logo após ele assimilar a notícia. Pediu, deixe-me progredir, mulher. Como quer que eu fale de amor quando se dis- cutem as alternativas econômicas de um país em que os homens para sus- tentarem as mulheres precisam desdobrar um trabalho de escravo.

Eu lhe disse então, se não quer discutir o amor, que afinal bem pode estar longe daqui, ou atrás dos móveis para onde às vezes escondo a poeira depois de varrer a casa, que tal se após tantos anos eu mencionasse o futuro como se fosse uma sobremesa?

Ele deixou o jornal de lado, insistiu que eu repetisse. Falei na palavra futuro com cautela, não queria feri-lo, mas já não mais desistia de uma aventura africana recém-iniciada naquele momento. Seguida por um cortejo untado de suor e ansiedade, eu abatia os javalis, mergulhava meus caninos nas suas jugulares aquecidas, enquanto Clark Gable, atraído pelo meu cheiro e do animal em convulsão, ia pedindo de joelhos o meu amor. Sôfrega pelo esforço, eu sorvia água do rio, quem sabe em busca da febre que estava em minhas entranhas e eu não sabia como despertar. A pele ardente, o delírio, e as palavras que manchavam os meus lábios pela primeira vez, eu ruborizada de prazer e pudor, enquanto o pajé salvava-me a vida com seu ritual e seus pelos fartos no peito. Com a saúde nos dedos, da minha boca parecia sair o sopro da vida e eu deixava então o Clark Gable amarrado numa árvore, lentamente comido pelas formigas. Imitando a Nayoka, eu descia o rio que quase me assaltara as forças, evitando as quedas-d'água, aos gritos proclamando liberdade, a mais antiga e miríade das heranças.

O marido com a palavra futuro a boiar-lhe nos olhos e o jornal caído no chão, pedia-me, o que significa este repúdio a um ninho de amor, segurança, tranquilidade, enfim a nossa maravilhosa paz conjugal? E acha você, marido, que a paz conjugal se deixa amarrar com os fios tecidos pelo anzol, só porque mencionei esta palavra que te entristece, tanto que você começa a chorar discreto, porque o teu orgulho não lhe permite o pranto convulso, este sim, reservado à minha condição de mulher? Ah, marido, se tal palavra tem a descarga de te cegar, sacrifico-me outra vez para não vê-lo sofrer. Será que apagando o futuro agora ainda há tempo de salvar-te?

Suas crateras brilhantes sorveram depressa as lágrimas, tragou a fumaça do cigarro com volúpia e retomou a leitura. Dificilmente se encontraria homem como ele no nosso edifício de dezoito andares e três portarias. Nas reuniões de condomínio, a que estive presente, era ele o único a superar os obstáculos e perdoar aos que o haviam magoado. Recriminei meu egoísmo, ter assim perturbado a noite de quem merecia recuperar-se para a jornada seguinte.

Para esconder minha vergonha, trouxe-lhe café fresco e bolo de chocolate. Ele aceitou que eu me redimisse. Falou-me das despesas mensais. Do balanço da firma ligeiramente descompensado, havia que cuidar dos gastos. Se contasse com a minha colaboração, dispensaria o sócio em menos de um ano. Senti-me feliz em participar de um ato que nos faria progredir em doze meses. Sem o meu empenho, jamais ele teria sonhado tão alto. Encarregava-me eu à distância da sua capacidade de sonhar. Cada sonho do meu marido era mantido por mim. E, por tal direito, eu pagava à vida com cheque que não se poderia contabilizar.

Ele não precisava agradecer. De tal modo atingira a perfeição dos sentimentos, que lhe bastava continuar em minha companhia para querer significar que me amava, eu era o mais delicado fruto da terra, uma árvore no centro do terreno de nossa sala, ele subia na árvore, ganhava-lhe os frutos, acariciava a casca, podando seus excessos.

Durante uma semana bati-lhe à porta do banheiro com apenas um toque matutino. Disposta a fazer-lhe novo café, se o primeiro esfriasse, se esquecido ficasse a olhar-se no espelho com a mesma vaidade que me foi instilada desde a infância, logo que se confirmou no nascimento tratar-se de mais uma mulher. Ser mulher é perder-se no tempo, foi a regra de minha mãe. Queria dizer, quem mais vence o tempo que a condição feminina? O pai aplaudia completando, o tempo não é o envelhecimento da mulher, mas sim o seu mistério jamais revelado ao mundo.

Já viu, filha, que coisa mais bonita, uma vida nunca revelada, que ninguém colheu senão o marido, o pai dos seus filhos? Os ensinamentos paternos sempre foram graves, ele dava brilho de prata à palavra envelhecimento. Vinha-me a certeza de que ao não se cumprir a história da mulher, não lhe sendo permitida a sua própria biografia, era-lhe assegurada em troca a juventude.

Só envelhece quem vive, disse o pai no dia do meu casamento. E porque viverás a vida do teu marido, nós te garantimos, através deste ato, que serás jovem para sempre. Eu não sabia como contornar o júbilo que me envolvia com o peso de um escudo, e ir ao seu coração, surpreender-lhe a limpidez. Ou agradecer-lhe um estado que eu não ambicionara antes, por distração talvez. E todo este troféu logo na noite em que ia converter-me em mulher. Pois até então sussurravam-me que eu era uma bela expectativa. Diferente do irmão que já na pia batismal cravaram-lhe o glorioso estigma de homem, antes de ter dormido com mulher.

Sempre me disseram que a alma da mulher surgia unicamente no leito, ungido seu sexo pelo homem. Antes dele a mãe insinuou que o nosso sexo mais parecia uma ostra nutrida de água salgada, e por isso vago e escorregadio, longe da realidade cativa da terra. A mãe gostava de poesia, suas imagens sempre frescas e quentes.

Meu coração ardia na noite do casamento. Eu ansiava pelo corpo novo que me haviam prometido, abandonar a casca que me revestira no cotidiano acomodado. As mãos do marido me modelariam até os meus últimos dias e como agradecer-lhe tal generosidade? Por isso talvez sejamos tão felizes como podem ser duas criaturas em que uma delas é a única a transportar para o lar alimento, esperança, a fé, a história de uma família.

Ele é o único a trazer-me a vida, ainda que às vezes eu a viva com uma semana de atraso. O que não faz diferença. Levo até vantagens, porque ele sempre a trouxe traduzida. Não preciso interpretar os fatos, incorrer em erros, apelar para as palavras inquietantes que terminam por amordaçar a liberdade. As palavras do homem são aquelas de que deverei precisar ao longo da vida. Não tenho que assimilar um vocabulário incompatível com o meu destino, capaz de arruinar meu casamento.

Assim fui aprendendo que a minha consciência, que está a serviço da minha felicidade, ao mesmo tempo está a serviço do meu marido. É seu encargo podar meus excessos, a natureza dotou-me com o desejo de naufragar às vezes, ir ao fundo do mar em busca das esponjas. E para que me serviriam elas senão para absorver meus sonhos, multiplicá-los no silêncio borbulhante dos seus labirintos cheios de água do mar? Quero um sonho que se alcance com a luva forte e que se transforme algumas vezes numa torta de chocolate, para ele comer com os olhos brilhantes, e sorriremos juntos.

Ah, quando me sinto guerreira, prestes a tomar das armas e ganhar um rosto que não é o meu, mergulho numa exaltação dourada, caminho pelas ruas sem endereço, como se a partir de mim, e através do meu esforço, eu devesse conquistar outra pátria, nova língua, um corpo que sugasse a vida sem medo e pudor. E tudo me treme dentro, olho os que passam com um apetite de que não me envergonharei mais tarde. Felizmente, é uma sensação fugaz, logo busco o socorro das calçadas familiares, nelas a minha vida está estampada. As vitrines, os objetos, os seres amigos, tudo enfim orgulho da minha casa.

Estes meus atos de pássaro são bem indignos, feririam a honra do meu marido. Contrita, peço-lhe desculpas em pensamento, prometo-lhe esquivar-me de tais tentações. Ele parece perdoar-me à distância, aplaude minha submissão ao cotidiano feliz, que nos obriga a prosperar a cada ano. Confesso que esta ânsia me envergonha, não sei como abrandá-la. Não a menciono senão para mim mesma. Nem os votos conjugais impedem que em escassos minutos eu naufrague no sonho. Estes votos que ruborizam o corpo mas não marcaram minha vida de modo a que eu possa indicar a rugas que me vieram através do seu arrebato.

Nunca mencionei ao marido estes galopes perigosos e breves. Ele não suportaria o peso dessa confissão. Ou que lhe dissesse que nestas tardes penso em trabalhar fora, pagar as miudezas com meu próprio dinheiro. Claro que estes desatinos me colhem justamente pelo tempo que me sobra. Sou uma princesa da casa, ele me disse algumas vezes e com razão. Nada pois deve afastar-me da felicidade em que estou para sempre mergulhada.

Não posso reclamar. Todos os dias o marido contraria a versão do espelho. Olho-me ali e ele exige que eu me enxergue errado. Não sou em verdade as sombras, as rugas com que me vejo. Como o pai, também ele responde pela minha eterna juventude. É gentil de sentimentos. Jamais comemorou ruidosamente meu aniversário, para eu esquecer de contabilizar os anos. Ele pensa que não percebo. Mas, a verdade é que no fim do dia já não sei quantos anos tenho.

E também evita falar do meu corpo, que se alargou com os anos, já não visto os modelos de antes. Tenho os vestidos guardados no armário, para serem discretamente apreciados. Às sete da noite, todos os dias, ele abre a porta sabendo que do outro lado estou à sua espera. E quando a televisão exibe uns corpos em floração, mergulha a cara no jornal, no mundo só nós existimos.

Sou grata pelo esforço que faz em amar-me. Empenho-me em agradá-lo, ainda que sem vontade às vezes, ou me perturbe algum rosto estranho, que não é o dele, de um desconhecido sim, cuja imagem nunca mais quero rever. Sinto então a boca seca, seca por um cotidiano que confirma o gosto do pão comido às vésperas, e que me alimentará amanhã também. Um pão que ele e eu comemos há tantos anos sem reclamar, ungidos pelo amor, atados pela cerimônia de um casamento que nos declarou marido e mulher. Ah, sim, eu amo o meu marido.

O ILUSTRE MENEZES

A Osman Lins, sempre presente
"Fartou-se antemão do banquete da vida."
Machado de Assis, *Quincas Borba*

Bem sei que já não sou o mesmo. Ainda que atrase o relógio, que trago sempre atado à presilha da calça, passa-me o tempo com demasiada pressa. E qual não é o meu espanto ao já não mais ver-me em 1860, mas já a pisar, e sem a firmeza de outrora, o chão de 1862. Eis dois anos decorridos sem a minha cumplicidade, deles sequer dei-me conta. Com mais frequência agora apoio-me na bengala encastoada a conversar com os amigos na esquina da Ouvidor. Sou o primeiro a aceitar que muito excedi-me no trato com as moçoilas, cada qual tão mimosa que havia que apreciá-las de perto. Nisto fraquejou-me sempre o coração, mostra-se ele mais forte que as promessas feitas em sinceros instantes de contrição. E aí está o Patek Philippe, presente de conhecido meirinho da praça, por serviço que lhe prestei, dando-me conta do tempo vencido.

Mas, se já não sou o mesmo, nem por isto dou-me por derrotado. Até pelo contrário, ciente do quanto os dias encurtam, lanço-me agora, e com mais desenvoltura, aos gostos que se provam nestas aventuras. A cada esquina lá está o destino a surpreender-me encarnado em formosas damas afeitas ao próprio brilho. Diligenciam-se elas muito mais com a perfeição dos próprios penteados do que nos pagam atenção. Logo a nós que lhes servimos com grande apuro, a começar pela aparência cuidada, desde as luvas de suedine, botas de couro da Rússia, até a pelerine negra no inverno e alvada no verão. E tudo, muitas vezes, por nada. Não nos concedem de imediato fartas regalias. Há que ir com paciência. Mas, também, a que outros haveres deve um homem dedicar-se nesta terra? Estas ruas da cidade, aliás, conspiram todas contra os instintos, estas agudas flechas que uma vez disparadas cravam onde não deviam, há que arrancá-las com arrebato e certa perda de sangue.

Hoje, sinto-me especialmente bem. Muito alivia-me o Natal quando se avizinha. Mais uma estação vencida galhardamente. Logo depois do almoço apurei-me na colônia, fui bem farto ao passá-la pelo corpo. Encareci a Conceição que se encarregasse pessoalmente de meus trajes. Afinal, um homem é a sua aparência. Como sempre, obedeceu-me. A bem da verdade, ela jamais me desagravou com atitudes hostis. E mesmo quando supôs que da rua eu trazia-lhe algum desgosto, nunca me levantou a voz. E não é feia, a minha Conceição. Ocorre apenas que os mesmos encantos que em outra mulher reluzem firmemente, nela, por mistério que não explico, simplesmente empalidecem. Com esta verdade, já estou bem conformado. Se ao menos Conceição soubesse rir!

Tratou D. Inácia de ensinar-lhe que o riso vai devagar afrouxando os costumes, nele apoiam-se unicamente os de educação modesta. Não se esquecendo a filha ainda que devia apagar no rosto justamente aquelas expressões reveladoras de íntimos sentimentos. De nenhum outro modo se fortaleceria o pudor, este, sim, virtude maior. A princípio, aplaudi-lhe o estímulo a uma graça que, na vida prática, entre lençóis, logo mostrou-se exagerada. Tanto assim que, mal eu a tocava, Conceição retraía-se toda, a tremer de frio, depressa recolhendo para dentro do corpo qualquer gesto que pudesse eu interpretar como generoso.

Jamais me ofertou delícias que se desdobram quanto mais as provamos. E embora não lhe veja gosto pelos atos íntimos, por força da Lei e da Igreja, não me eximo dos encargos conjugais. É dever que cumpro com parcimônia. E pergunto-me às vezes se tal frieza deve-se à pressa com que desincumbo-me de Conceição, sem poder explicar-lhe que é o amor um mistério que se renova justamente quando o estamos a desvendar. Não, não me penso em débito com ela. Se culpado há, é D. Inácia. Tanto alimentou-lhe o recato que Conceição parece regá-lo diariamente, como se fosse ele o seu jardim. E que nunca a deixou, mesmo à luz do dia. Basta que eu a olhe mais firme, para esconder-me o semblante, sob a vigília de D. Inácia, sempre a exacerbar-lhe esta qualidade.

Não vive a sogra senão para a filha. Já pelas manhãs, surpreendo-as trocando palavras logo abafadas à minha aproximação. Mas, não me ressinto.

Que podem estar a fazer duas mulheres senão discutindo afazeres domésticos, outras preocupações não as atingem. Têm lá elas direito aos seus segredos, que afinal enfeitam-lhes o cotidiano. Também eu não as convido a tratarem de temas para os quais não demonstram competência. Deste modo, estamos todos bem. Não me ferem os interesses.

Só lamento a sogra a vigiar-me as saídas. Claro está que não as impede, carece de forças para isto. No entanto, teima ainda em dirigir-me expressões iradas a cada quinta-feira, quando regresso a casa na manhã seguinte. Sei que reprova o hábito de ausentar-me do leito conjugal uma vez na semana. Em certas noites, empenha seu prestígio para prender-me ao calor da sala, entretém-me com assuntos que me possam atrair. E porque não interrompe a fala, fico-lhe sempre a dever algumas palavras. Não me deixam a pressa e a própria D. Inácia dar por encerrada a palestra. Sempre indaga-me sobre os negócios. Se de algo tenho a reclamar, apesar de escrivão bem situado. Cedo-lhe breves informações sobre o cartório, enquanto esquiva-se Conceição em ouvi-las, quem sabe desconfiada que eu lhes faça chegar parte apenas de qualquer verdade.

Como prêmio, para certos infortúnios, tenho de Conceição a sua fidelidade e completa devoção ao lar. Assim, inimigo mesmo é o tempo a esgotar-se sem cerimônia. Dele, sim, tudo tenho a reclamar. Especialmente agora aos cinquenta anos, a saber que o próximo decênio me cortará ao meio o que hoje sobra-me. E pensar que Conceição, tão mais nova, dispõe de vigor que nela está em desuso, ainda assim sem poder ceder-me o que em breve estarei a necessitar.

Ao tratarmos dos esponsais, fiz-lhe ver que para ocupar-me do seu futuro, onde incluía-se D. Inácia, me tocavam encargos que a vida lá fora estava a cobrar-me. Não poderia ela compreender, por sua educação recatada, o quanto mostrava-se poroso e diversificado o destino de um homem ao caber-lhe o sustento de um lar. Não podendo o homem assim, e por esta razão, rejeitar as experiências que justamente abrem-lhe as portas que se manteriam fechadas não lutasse ele por descerrá-las. Jamais pensasse que tranquilo fosse o combate pela sobrevivência. Ao contrário, pelo que se podia tomar no homem como privilégio, pagava-se alto preço.

Conceição poupou-me de maiores explicações. Havia aprendido que entre casais baniam-se exatamente as palavras que poderiam exaurir o delicado tema. Desde a primeira noite decidiu pela obediência. Se a surpreendi alguma vez em discreto pranto, garantiu-me devê-lo às aflições tão próprias da natureza feminina. As alfaias da casa, os regalos que lhe chegam nas datas corretas, parecem aplacar-lhe qualquer ressentimento. Nunca se referiu ao meu casamento anterior. Ou quis saber se com Amélia fora mais feliz. Se porque existira em minha vida um outro amor, estava eu vacinado contra novo afeto. Sabia que ali Amélia vivera, pelos objetos que a outra havia comprado para deixar-me de lembrança ao falecer.

Não a fui logo introduzindo aos meus hábitos noturnos. Não queria a sogra em lamentos pela vizinhança, sempre nestes casos querendo a tudo arrancar de uma alma sofredora. Um escrivão, como eu, não podia expor-se sem cuidados. Na Corte, sabemos como os rumores logo espalham-se em prejuízo para o ofendido. Depressa os negócios se ressentem e menos moedas pingam na algibeira.

A primeira vez que ausentei-me por toda a noite, D. Inácia mal saudou-me. Reclamou das horas de sono perdidas, e nervosa roçagava a saia pelo corredor. Até trancar-se por meia hora no quarto com Conceição, advertindo-a, quem sabe, contra os avanços libertinos do marido. Ou aconselhando-a a fazer das lágrimas seu rosário de martírio. Sei que, de lá saindo, enfrentou-me com destemor. Tinha seus motivos a brava senhora. Defendia o que Conceição, desprevenida, estava ameaçada de perder. Fiz-lhe ver, porém, e em alta voz, para Conceição alcançar-me na alcova, que havendo padecido de certos transtornos à saída do Lírico, melhor me houve pernoitar fora de casa. Não queria os vizinhos a me pensarem um frascário, logo eu que tanto zelava pelo lar.

A espanar o canapé, a varrer seguidas vezes a nova alcatifa que cobria as tábuas da sala, ia D. Inácia encarregando-se de serviço próprio das mucamas.

– Se mal lhe pergunto, meu genro, a que espetáculo esteve a assistir?

Vi-lhe o esforço, sua última tentativa em defesa da filha. Aí estava uma peleja que me trazia gosto. Tinha eu todas as armas, havia que terçá-las com destreza, como me aprouvesse. Se devia-lhe pregar uma lição, aquele era o momento.

– Pois fui prestigiar a um jovem talentoso. Seu nome, se não estou enganado, é Machado de Assis. Deu-nos "O Protocolo", que estava bastante satisfatório. Contudo uma comédia muito mais para ser lida e não representada.

D. Inácia chegou-se a mim, as feições ainda contraídas, fazendo-me ver que, derrotada, queria-me sob a sua guarda.

– Nas poucas vezes que visitei o Lírico, e a outras casas mais, passei a preferir Adelaide Amaral à Eugênia Câmara – disse-me afinal.

Já no cartório, a meditar sobre os documentos a ganharem minha firma, e esbarrando nos cupins que festejavam os papéis com igual empenho com que avançavam por certas almas, aconselhou-me a prudência a não descuidar-me das trajetórias de Furtado Coelho, Lucinda Simões, mesmo Tamagno, ídolos de D. Inácia, de ouvi-los mencionados. Passou a "Marmota Fluminense" a suprir-me de informações que tratava logo de despejá-las frescas no jantar das sextas-feiras. Uma providência nunca exagerada para um escrivão já habituado a frequentar o Paula Brito, lá no Rocio, para ali entreter-se com amáveis tertúlias, quando merecia de alguns expoentes efusivas saudações.

Sem dúvida, consola-se D. Inácia em saber-me bom pagador e, ainda, por comentários que lhe chegam, bem parcimonioso nos gastos fora de casa. A verdade é que jamais me excedi, mesmo com Pastora. Pois se me quer ela próximo a si, não exija o que não estou obrigado a dar-lhe. Nunca lhe fiz chegar o que a poderia estar comprando. Houve ocasião que a quiseram intrigar comigo, garantiram-me, de sua parte, interesse vil. Este caluniador foi logo escorraçado. Como haveria de permitir, sem desprezar-me em seguida, que maculassem os sentimentos da mulher que me cedera, na intimidade, não somente seus ais, mas sua incorruptível confissão.

Corria a história de que lhe fugira o marido no terceiro ano de casamento, atrás deixando-lhe bilhete onde destacavam-se as palavras desterro e desesperança. Tal versão, naturalmente, indignando Pastora. Como estranhos podiam maltratá-la assim, quando, na verdade, dispuseram eles de grande vagar para íntimas despedidas, havendo para isto reservado toda a noite de domingo. Sabiam os dois que para viagem longa e acidentada, de que às vezes não se volta – ia ele para o Pará reclamar herança familiar, as palavras e as carícias trocadas valeriam, para quem ficava, e para quem partia, como precioso alento.

– E amaste tanto assim ao marido, o sr. Bonifácio? – perseguia-me o ciúme, a querer arrancar-me pedaços que me fariam falta mais tarde. Para tal aflição, que não pude esconder, valeu-se Pastora, em meu socorro, da bilha com água. Pedi-lhe, porém, que me largasse ao próprio fado, como acudir-me quem trazia até o leito a fresca memória do marido.

Abraçada a mim, vi-lhe a desdita. Admitia haver velado de tal modo o retrato do sr. Bonifácio, guardando-lhe severa fidelidade, que temeram-lhe os amigos a sorte. Instavam-na eles, aflitos, a receber a vida de volta, mesmo que para isto se expusesse ao opróbrio injusto. Nenhum argumento a convencera. Não tivesse eu surgido para apagar-lhe o luto, e nele estaria ainda mergulhada.

Pastora cultiva nessas horas a redondilha, manejando com desenvoltura os versos. Diz-me o que Conceição cala. Assim, à mesa, sorvendo a sopa, não furtava-me à fatalidade de compará-las em secreto juízo. De muito Pastora ganhava. Mas D. Inácia, ao passar-me depressa as travessas, não me deixa muito tempo a sós com tais pensamentos. À falta do que falar-me, preocupa-se Conceição com a sopa, se naquela noite não teria eu preferido uma simples canja de miúdos.

Vem-me à cabeça o ímpeto de pedir-lhe que só dirija-me a fala em casos de extrema necessidade. Contendo-me, porém, termino por sugerir-lhe a leitura. Far-lhe-ia bem o dr. Macedo. A inocência de Moreninha pareceu-me sempre fagueira.

– E quer que eu lhe traga alguns títulos novos, recém-chegados de Portugal?

Conceição ressente-se, desgostam-lhe certamente minhas palavras. Mas, discreta, alega falta de tempo para estes entretenimentos, a casa ocupa-lhe todas as horas. Carece Conceição do tempo que, Deus louvado, a mim, no cartório, está a sobrar. Talvez seja melhor assim. Há leituras que nos suprem com sonhos que a realidade mesmo não comporta. E se lá fosse Conceição ao seu encalço, teria que abater-lhe as asas. Não, não me permito contratempos domésticos. A vida, a tenho bem azeitada. Bastam-me as exigências de Pastora, implacável a qualquer atraso. Obriga-me a corridas que excedem de muito às minhas forças. Em compensação, se lhe chego no prazo, regala-me com o bom vinho do Porto e biscoitos amanteigados, mal retira a aldraba da porta. Estes cuidados permitindo-me delicados ósculos na alvura dos seus pulsos, dali meço-lhe as batidas do coração.

E quando estou avançado nas carícias, interrompe-me Pastora para que descreva-lhe a casa, não posso então esquecer um só objeto ao arrolar--lhe os bens. Precisa Pastora certificar-se de que os objetos falariam por ela, mesmo se não mais vivesse entre eles, se ausentasse por alguns dias. Foi graças aos seus caprichos que atraíra-os à casa, tirava-lhes a poeira, havia--lhes, enfim, assoprado o que dizia ser sua última forma. A esta ideia, ela sempre se enternece.

Apesar do enlevo com que tece elegantes figuras com as palavras, e enrubescer quando de amor trata, muitas vezes na intimidade Pastora mostrou-se tão distraída quanto Conceição. Havendo eu que convocá-la de novo ao nosso festim, urgi-la a regressar à terra, só aqui encontrava-se a salvação. Nestes momentos, pede-me desculpas, há que entender, segundo ela, esta alma feminina que, até mesmo em frangalhos, teima em sorver da taça sua inexcedível dose de sonho.

Agora, todos nós à mesa, confiro os traços de Conceição. Distante assim, e talvez pelo vinho, ganham suas faces certo brilho. Mas, se lhe disses-se eu que ganharia viço com a pintura reforçada, rasgando um pouco mais o decote, não me devolveria sequer um olhar grato. Seu rosto filtra igualmente o desgosto e a ilusão. Tanto é o seu controle que no meu velório não derra-mará lágrimas. Se acaso ama-me, Conceição nunca me confessou. Não lhe permite o pudor qualquer extravio. Alisa, sim, as minhas roupas e devolve-as já impregnadas de colônia. Por minha vez, recompenso-a com delicadeza, jamais voltei a casa sem banhar-me antes, tratando de apagar marcas e per-fumes que ela possa descrever com raiva e brios.

Uma coisa não pode ela, acusar-me de finório, destes que dilapidam o nome e o patrimônio comum. Não darei a Conceição outros motivos de queixa além dos que já tem. Os direitos que lhe assegurei, devem tranquilizá-la. Pode D. Inácia testemunhar a meu favor. Ela própria desfruta de invejável conforto, com que se regala toda. Às duas presenteio com toda sorte de adornos. Hoje mesmo, pela manhã, fiz chegar à Conceição precioso cartucho, destaca-se nele em ouro um cervo que o caçador persegue entre folhagens. Comprei-o no belchior vizinho ao cartório, custou-me pequena fortuna. Conceição levou a joia ao peito por instantes, largando-a depois sobre a cômoda, fez-me ver que oportunamente a usará. D. Inácia perdeu-se em elogios, alguns, suspeito, bem falsos.

Em julho, fizemos cinco anos de casamento. Achei que a efeméride devia estender-se por toda a semana. Assim, diariamente, fiz-me presente na casa e no leito. E, na quinta-feira, quando jamais Pastora faltou-me, rasguei, diante de Conceição e D. Inácia, o bilhete do Lírico comprado especialmente para este fim.

– Fico em casa nesta data. Deixo o teatro para a semana entrante. Ele não me há de escapar.

Esparramado o papel picado pela mesa, queria-as subjugadas ao meu gesto. Vissem o meu empenho em agradá-las. Mas, para meu desgosto, D. Inácia pôs-se a lamentar. Considerava desperdício o meu feito, em vez de rasgá-lo, melhor teria sido adquirir mais dois bilhetes para irmos todos ao Lírico. D. Inácia tinha razão, mas sua proposta envolvia também certos riscos, não havia que estabelecer novo hábito, ou forçá-las à fantasia que é do teatro estimular. Constrangido por querer D. Inácia provar-me inábil nas coisas do coração, reagi firmemente. Com o sangue a subir-me às faces, expliquei-lhes que permanecer na casa, naquela noite, seria um regalo que unicamente Conceição estava em condições de apreciar.

D. Inácia simulou não haver ouvido. Punha-se de pé e sentava-se com impensada ligeireza. Até que trouxe-nos bolo de fubá e cafezinhos. Por sua vez, Conceição tomou do bastidor, apreciava o trabalho à distância da vista. Decidido, porém, a constrangê-las, chamei Conceição a mim, que me acompanhasse no licor, ia-lhe aquecer o corpo a doce quentura do pêssego no cálice. Vi-lhe o rubor, como se aplicasse carmim no rosto. E o transtorno até que dava-lhe certa graça. Despertou-me desejo de afagar-lhe as mãos cruzadas à altura do baixo-ventre. Se nisto pensei, mais depressa acariciei-a. Pelo olhar, Conceição forçava-me a desistir. Até que, não mais suportando, levantou-se a pretexto de chamar Suplícia, urgia que a mucama fosse ao boticário curá-la da enxaqueca.

– E dói-lhe muito? – falei-lhe algo pícaro. Em seu socorro, D. Inácia tomava-lhe da mesma mão que antes eu afagara. Querendo apagar as expansões de um esposo e que tanto doíam-lhe. Já no leito, debrucei-me sobre Conceição disposto a provar-lhe que as palavras à mesa se legitimariam em ato real. Conceição foi pronta na resposta. – Ah, Chiquinho, como chamava-me às vezes, que enxaqueca será esta, meu Deus!

Pastora recebeu-me indiferente. Como a podia ter abandonado quando mais me necessitava. Fez-me ver que de algum modo devia compensá-la pelos maus-tratos. Ao pé da cama, lancei-me às carícias que há muito não nos devotávamos. E tanto haviam estas carícias se distanciado de nós que, agora revividas, encantavam Pastora. Encarecia-me a jamais esquecê-las, precisamente elas, mais que outras, acercavam-se do seu coração com veloz ardor. Eu via as horas e as minhas forças rapidamente extinguirem-se. E muito porque surgira-me, recém-chegada da terrinha, uma cachopa de cor trigueira, cabelos enrodilhados no alto da cabeça, olhar trocista, que havia-me apresentado o escrevente juramentado Soares, sempre empenhado em agradar-me. Adivinhava-me ele as fraquezas.

– E quem não as tem, sr. Menezes.

– E tem o amigo razão. Melhor as deste tipo, que a bebida ou a prodigalidade. Estes, sim, vícios a que se atendem em grave prejuízo do lar.

A portuguesa Delfina parecia-se à Cleópatra da gravura que enfeita-nos a casa sobre o canapé, ao lado do espelho. Quantas vezes não cobicei a rainha do Nilo, que a história e o tempo haviam-me roubado. Não me teria ela escapado a passear pelo Jardim Público. Que aflições não me causariam esta mulher! Conceição parecia adivinhar que em seu seio nascia uma víbora.

Certa vez protestou contra a presença daquelas mulheres, pois eram duas gravuras, uma próxima à outra, que melhor estariam num salão de barbeiro, a algaravia do local casando-se bem com elas.

Estranhei que soubesse descrever os logradouros masculinos, não a pensava ocupada com tais assuntos. Mas, alegou Conceição que servia-lhe a imaginação para cobrir certos vazios, sem falar na intuição a segredar à mulher o que, no recesso do lar, estava vedada de saber. A tais explicações, dei-lhe mostra de descontentamento, enveredava ela por caminho inconveniente. Ao perceber-me o desgosto, Conceição logo emendou-se. Era a primeira a considerar que jamais se conciliaria com os locais públicos e os salões mundanos, em ambos sobejavam o pecado e a soberba. Em casa, estava-se a salvo dos desmandos. Agradeci-lhe o senso correto e o recato, que também o caro Soares apreciava. Tanto que sempre buscou ele na voz um tom que, sem ofender-me, resumisse seus cuidados por ela.

— E como está d. Conceição a passar? Santa e prendada senhora ali encontra-se, sr. Menezes.

Apesar das belas maneiras do escrevente juramentado, dele eu queria notícias de Delfina, a faltar-me aos encontros, só para eu padecer. Até que chegaram-me, por meio do constrangido Soares, a nossa Celestina, as palavras da rapariga, escritas no frontispício dum alfarrábio: "Se de mim nada consegues, não sei por que me persegues, constantemente na rua; sabes bem que sou casada, que fui sempre dedicada, e que não posso ser tua; lá porque és rico e elegante, queres que eu seja tua amante, por capricho ou presunção; eu tenho um marido pobre, que possui uma alma nobre, e é toda minha paixão. Rasguei as cartas sem ler, e nunca quis receber joias ou flores que trouxesses".

Tratava-se de uma grande mentirosa, pois nem marido tinha. Só com propósitos vis carregara nas tintas, enquanto buscava com afã quem lhe montasse um sobradinho em São Cristóvão, queria-o com quintal e mangueiras frondosas. Encontrei-a quinze dias mais tarde. Sentia-me bem, naquela semana concedera-me Pastora tal ardor que podia agora resistir às atrações da portuguesa. Tirei-lhe a cartola e ela, a medir forças, devolveu-me o sorriso que há muito eu observava na Cleópatra da casa. Cheguei-me à Delfina.

– A que devo, senhora minha, a honra de tal sorriso?

Para meu espanto, e para não mais confiar em sua natureza cercada de mimos e pejos que mais próprios estariam num ramilhete, disse-me:

– Não me vendo, nem me dou.

E afastou-se faceira, deixando-me no rosto sua fragrância jasmim. Quis segui-la, exigir explicações. Temi, porém, que me repelisse, armasse escândalo. Um escrivão como eu, a quem certas damas favorecem, sem que por isto haja vencedores e vencidos, não seria alvo de chacota e de injúrias, a passar por tal vergonha. Não estava disposto a aguentar as bernadices de uma rapariga.

Conceição adivinhou-me ferido, pois desdobrou-se em cuidados, como a tratar de um enfermo. Vi-lhe gosto na operação, a solidariedade de uma alma nobre. No jantar, além da sopa, descreveu outras iguarias. Já no quarto, pediu-me água, e que apagasse o candeeiro, naquela noite tinha pressa em dormir. Não sei por que, mas quis-lhe perturbar o sono.

– Não ando bem de saúde. Só espero que não me acuda a ingrata apoplexia.

E não estava longe da verdade. Pois andam-me passando certos percalços. Por qualquer cousa, a cabeça lateja-me, como se dela pendesse uma bola de chumbo. Nestas horas de aflição, Pastora tem-me afortunado com afeto, mostra-se grata com os regalos que lhe faço. Todos bem modestos, não sou quem se prodigaliza nesses casos. E certamente censuro aquelas que se inclinam e exigem o fausto. Devia-lhes bastar o afeto que se deixa na antecâmara. Pastora é sensível, alivia-me a cabeça com artes minuciosas, traz-me beldroegas da sua chácara. E, logo restaurado, posso tirar da boceta o fino rapé inglês e levá-lo às ventas, provar-lhe a delícia.

A ameaça de que estava a ir-me muito breve não comoveu Conceição. Apoia-se na certeza de que, à minha morte, hão de restar-lhe alguns bens. A casa de Catumbi é um razoável legado. Apesar do gênio de Amélia, mais irascível que o meu, e dos desgostos que lhe terei causado, segundo o que dizia-me, não lhe sobrou remédio senão indicar-me único herdeiro. Ah, como combateu-me a assiduidade junto ao teatro, aquela obsessão que a excluía sem piedade. Eu oferecia-lhe razões, não podia levá-la, à saída do teatro, aos locais impróprios, onde contudo realizavam-se as melhores transações comerciais. Apoquentava-me Amélla aos gritos, a indicar-me frequentemente a soleira da porta. Suportei-lhe bem os ressentimentos, as inúteis lágrimas, em troca premiou-me com o sobrado, alguns títulos, o mobiliário, terrenos em Petrópolis, e as escravas. Um cabedal que sem dúvida folgou-me bem.

Inconformada, a família de Amélia pagou-nos assíduas visitas, cobrando--nos pitéus e bebidas fortes. Suportou-os D. Inácia até a noite em que cerrou--lhes a porta, comunicando pela janela que estávamos de saída para a novena, não era do seu feitio reservar hora para as obrigações sociais. Nogueira, porém, jovem primo de Amélia, pediu-nos hospedagem, e benevolência também. Vivia em Mangaratiba, e estava a necessitar dos estudos avançados da Capital. Com ele, comovi-me, sabia-o capaz de honrar-nos com brilhante futuro na Corte. Ponderei à D. Inácia o que nos custaria um menino que, aos dezessete anos, revelava cortesia e discrição. Por cima, seria para Conceição como um filho.

Tão tímido o Nogueira que, à mesa, afunda o rosto no prato, furta-se assim ao diálogo. Parece incomodado junto às mulheres. Um recato que vai--lhe bem, quando o temos como hóspede. Jamais confiaria a casa a um atrevido, pronto a magoar-me ao ferir Conceição. D. Inácia foi a primeira a querer-lhe bem. Faz questão de servir-lhe o prato. Gaba-se a sogra de restaurar as debilidades humanas, quem lhe chega fraco, acode-se em suas palavras e em seus pratos quentes. Conceição, porém, tem resistido ao Nogueira nesses nove meses. Jamais a surpreendi num gesto afável, embora com ele tampouco seja rude.

Nogueira tem o gosto da leitura. Sempre com um livro entre os dedos, na faina de suspirar por eles. Certa manhã, sugeri-lhe a deixar os livros para trás, seguindo-me até onde encontravam-se certos prazeres viris. Pareceu não entender-me. Olhou-me como se estivesse a propor-lhe tarefa de que se envergonhasse mais tarde, quando o fato é que seu corpo atingia-me quase em altura. Deixei-o com fé que me buscasse um dia. Mas, jamais procurou-me. Ignoro agora se já abeberou-se nas delícias da vida.

Disse-me ontem Pastora:

– Sinto-me só, Menezes, queria-o comigo na ceia de Natal.

Fiz-lhe ver que não atenderia ao seu convite, talvez provasse de seus petiscos pela madrugada. Mas, primeiro vinha a casa. Não me furtaria ao encargo de cear junto aos meus. Tínhamos o hábito de bebericar a partir das seis, eu já vestido de modo a retirar-me após o repasto. O vinho casto, sempre o mesmo com que celebrávamos essas noites, ia sem pressa dispondo-nos para a fartura da mesa. Este ano contávamos com o Nogueira. Para ele será seu primeiro Natal na Corte. Não sei por que, mas, olhando-o agora, vi-o de repente sobranceiro, a tagarelar como nunca, a fazer-se homem à minha frente. Esta sua exaltação anunciando-me que sua presença na casa brevemente seria incômoda. Não quero molestar-me agora com tais problemas. São estas horas de alegria. A única pressa que vou tendo é dar o Natal por encerrado, sempre a pretexto do teatro. Naquela noite, Pastora teria os seios quentes como uma castanha.

Uma única vez pediu-me Conceição que a levasse à Missa do Galo. Contrariei-a então com a desculpa que o fausto da cerimônia constrangia-me. Mas, que tinha permissão para ali ir na companhia da mãe. Desagradada, não voltou mais ao assunto. Entre garfadas, Nogueira revela-nos o que sabe da Missa do Galo, julgada soberba pela presença de respeitáveis figuras do Império. A oportunidade parecia-lhe preciosa, quando lhe estaria assegurada nova temporada na Capital?

Nada lhe disse. A leitoa pururuca, sobre a toalha adamascada, soube-nos como nunca. Destrinchei-a com o gosto de conhecer-lhe a anatomia. Com que prazer fartaram-me as fatias douradas, rabanadas, corrigiu-me D. Inácia. Saboreei-as já pensando em Pastora.

– E pensa assisti-la desacompanhado? – digo a Nogueira, enquanto Conceição lambe ainda a última iguaria. Tem apetite nesta noite, abusou até do vinho tinto. Quanto a mim, faltam-me quinze minutos para deixá-los.

– Estou ajustado com um vizinho. E, para tal, penso não dormir. Combinamos um encontro às onze e trinta.

– Previno ao primo, porém, que todas as missas se parecem. É a mesma missa da roça. E muito terá a esperar até a meia-noite. Não lhe farei companhia e os de casa têm por costume recolher-se cedo. Veja, aliás, como encontram-se já sonolentas. Há pois de guardar vigília sem perder a missa. Não vá cair no sono sem assisti-la. Faço agora questão de recolher suas impressões pela manhã.

Como folga-me a alma ir ao encontro da noite, tomar do seu perfume a vaticinar boa fortuna. Dentro da berlinda, hei de contar os minutos que me apartam de Pastora.

Nogueira sorri-me. Também ele nunca me vira a falar-lhe tanto. A confessar-lhe que, rapazola ainda, havia festejado a mesma missa com igual ânimo.

– Peço-lhes licença. Faz-se tarde agora. – Volto-me para Conceição, falo-lhe: – Não vai recolher-se, D. Conceição? – Adotávamos tratamento cerimonioso nas noites de minha ausência. Ela aquiesce com a cabeça, mal ouço-lhe a saudação. E já está a esgueirar-se pelo corredor, quando D. Inácia, que a segue sem ao menos haver-me dirigido um só olhar, volta-se a nós.

– Mas, sr. Nogueira, que fará você todo este tempo?

– Vou dedicar-me à leitura, D. Inácia.

Já com o volume nas mãos, tratava Nogueira de acomodar-se à mesa da sala de jantar, trazendo a si o candeeiro de querosene.

– Se não há mal em perguntar-lhe, primo, que é que vai ler até a sua Missa do Galo.

O primo levanta-se, acompanha-me à porta. Dá-me o beneplácito, sem esquecer de acrescentar:

– Leio *Os Mosqueteiros*.

Ah, belo rapaz esse Nogueira!

FINISTERRE

Abracei-o e disse: esta então é a Ilha prometida? Fez que sim com a cabeça. Há muito eu devia-lhe a visita, cruzar o mar, aproximar-me dos relevos da Ilha, juntos haveríamos de comer do mesmo pão.

Tinha agora setenta anos, mas bem mais jovem havia-me tomado nos braços e arrastou-me até a pia batismal. Esperei que chegasse antes da minha morte, confessou. Tomei-lhe a mão, vamos passear. Sinto-me livre pela primeira vez em muitos anos. Ele aceitou que eu mergulhasse na nova terra através da sua sabedoria. Havia nele reservas de luz e ainda uma sombra que eu contornava para não esbarrar contra as árvores.

Em casa, me fez servir o café. Traguei como se fosse suor. Ele aprovou que eu esquecesse a amargura da grande cidade, os desfalecimentos da vida anterior. Se ficasse aqui ao menos dois dias, eu lavaria sua alma. Agradeci, mas meus compromissos eram de cruzar novamente o mar, deixar a Ilha, evitá-la quem sabe no futuro.

Os amigos apareceram. Pepe, Juan, Antonio, quem mais? Faltam muitos ainda? Muitos, disse-me, todos na Ilha são amigos, e aos inimigos engulo como a sopa acalentada com o sopro das minhas gengivas de velho. Ri com o seu ímpeto pelo combate, por ainda precisar viver. Aprenderei com o senhor a resistir aos vendavais e às pestes. Sorriu com o elogio que lhe soou póstumo. Quando você era pequena, intuí que me daria trabalho. E isto porque desejava acompanhar seu destino onde quer que você fosse. É deste modo que eu amo.

Pedi ao padrinho que me explicasse a mim mesma, eu queria provar-me como se fosse um vinho rascante. Sim, você crescia frondosa, e não me levava o nome. Mas, em todas as solenidades estive perto. Acompanhei-te na primeira comunhão, nas formaturas, nas vigílias, te imaginei na penumbra fazendo-se mulher. Não tive filhos, talvez te nomeasse filha para privar com um sentimento que só intuí através de você. Você foi o segundo amor que tive, o primeiro destinei à minha mulher, que também amas, olha-nos ela agora à distância, ingênua e criança. Parece que não envelheceu. Sou quem lhe preserva a juventude. Ama-me sem saber que rejuvenesce graças ao meu empenho. Sou quem lhe oferece a custódia da juventude. E você, como se fará jovem um dia, se não estarei vivo para salvar-te?

Olhei-o firme, fique tranquilo, padrinho, hei de salvar-me à custa dos próprios escombros. Por isso vim à Ilha, recolher força e origem, terei então vida por tempo iluminado. Abraçou-me outra vez. Te introduzi à natureza desta terra, à comida dos ancestrais, mesmo aos mariscos te introduzi, e a que mais devo levar-te para que abandones a Ilha pródiga e cheia de fontes? Verá que me faço forte entre a gente do meu povo, e com a memória dessas pedras, desses arbustos. Vamos agora almoçar, ele comandou.

Primeiro, os siris alerta, patas movediças que me ameaçavam levar às costas vermelhas, ao Finisterre. Resisti a que eles me expulsassem da sala só porque haviam habitado primeiro as pedras amarradas à Ilha. Por vingança, esmaguei-lhes as patas, suguei seus tentáculos. No entanto, eram miúdos e inofensivos. A dor maior seria alimentar-me dos centolhos, eles, sim, gigantes dos mares de Sinbad, povoando a costa espanhola para alertar o espírito de Ignacio, obscurantista e mago. Ocupavam os centolhos o centro da mesa, cedi-lhes meu lugar e, ao mais robusto da espécie, disse, querendo te convido a bailar a valsa dos quinze anos.

O animal escancarou a boca, eu ignorava se tinha sexo, se me queria devorar, ou se bastava que eu lhe enfiasse o dedo pelas entranhas, para banhar--me de suas vísceras e de suas correntes marítimas. Onde se localizaria o coral desta criatura de patas terrestre, logo o coral, a parte menos intransigente do seu corpo e a mais saborosa? Padrinho, busque o coral para mim, é terno, vermelho, ligeiramente amargo, e se não me cuido ele me devora, mas quero comê-lo com a boca aflita, hesitante, orgulhosa.

Com o garfo, ele mergulhou diversas vezes nas entranhas do crustáceo, e trouxe-me como um caçador de esponjas o coral ambicionado. Mastiguei a delicada porção de olhos fechados, fazendo amor com um coral nascido de recantos primevos, de uma carapaça mais antiga e sólida que a minha pele. Padrinho, com que direito exalto a tua terra, envelheço comendo os teus animais maliciosos, que têm espírito de ilha, sem serem ingleses, colonialistas educados.

O padrinho premiou-me com mexilhões, que, estúpidos e ambiciosos, deixam-se prender às plataformas imitando terra. Depois, as amêijoas, as vieiras, sim, elas próprias arrastando o denodo das peregrinações jacobinas. Até onde iremos com tantas referências culturais, padrinho. Para mim, a vieira é ainda a concha peregrina de Santiago. Os peregrinos as mergulhavam nas águas boas e nas águas más, ao longo do trajeto, a vida dependia delas, queriam evitar os poços e os riachos envenenados. Ou mesmo as questões de fé.

Ele pressentiu que o vinho e os animais da casa me perturbavam. Contrário a ele, que jamais perderia as próprias raízes quando eu tomasse o barco de regresso. Cabia-lhe, pois, cuidar que eu levasse de volta ao Brasil os mesmos olhos com que chegara. Sem perder a nacionalidade, este cravo espetado no coração. Padrinho, sou uma brasileira aflita com as trilhas do mundo. Assim, até um centolho ameaça o meu futuro, força-me à vigília, ensina-me a honra e a incerteza ao mesmo tempo.

Trouxe o cozido banhado de luar e gordura. Aquele porco precisamente havia sido educado distante dos detritos marítimos, capazes todos de deformarem a melhor carne que um animal da terra teria a oferecer-nos. Mas, para que também usufruísse da Ilha, permitiram ao porco absorver o cheiro do mar, a maresia não lhe estragava a carne. Durante a semana, alimentava-se de milho, mas aos sábados e domingos o regalavam com castanhas e batatas. Prove desta maravilha, afilhada, até Deus perdoa este pecado de orgulho.

Com os olhos cerrados mastiguei a carne, garanti-lhe a sobrevivência na memória. Pelo resto da vida hei de cantar esta carne, padrinho. Ele apreciou que também eu tivesse recebido a educação que identificava os sumarentos detalhes cultivados por eles, a vida não podia ser frugal, seca, sem ilusões. A vida, afilhada, deve permitir excessos. Beijei-lhe a mão, levada pela emoção e pelo vinho tinto que borrava a taça de porcelana. Meus lábios emitiam sons com dificuldade e, apesar da civilização *gallega*, eu lutava pela fala.

O repasto estendeu-se por duas horas. O padrinho exibia os tesouros que eu tomava nos braços. Dirigia-me a eles conhecendo-lhes origem, paladar, razão de ser. Afinal, saíra do ventre montanhês daquela raça, eu os havia deixado levada por correntes marítimas, assim poderia regressar a ela sempre que quisesse, especialmente porque os ibéricos navegavam assaltados pela emoção. E havia ainda a morrinha, que não é o cheiro deformado da carne, mas a deformação da saudade – consentindo que eu a tomasse no peito, a espargir-me com seu espírito de aventura.

Salve a terra, padrinho. A que terra queres homenagear, afilhada? A terra do mundo, a terra em que pisamos todos ao mesmo tempo. A terra em que se voa através dos sonhos, como nos ensinaram os celtas, estes desgraçados irlandeses, a que nos filiamos. Só que não quero, como os druidas, matar, apesar da minha paixão pelas árvores, as pedras, a noite que nos perde. Ele sorriu, depois do conhaque, vou te levar pelos caminhos da Ilha.

Repousamos meia hora. Ele me prometera a eternidade se saísse viva da Ilha. Hás de dominar a arma que enfiem em teu corpo. Comprometi-me com ele que sobreviver era a mais longa aprendizagem. Andando pela Ilha, a brisa das rias *gallegas* me sufocava. Devia respirar com naturalidade para apossar-me do próprio corpo, que me parecia novo agora. A quem mais preciso conhecer para conhecer a todos? O padrinho riu, sei da tua inquietação, mas respeite minha capacidade de surpreender-te. Pedi-lhe desculpas em nome de uma voracidade que estava em todas as partes. Acaso aprenderia a viver em paz com ela?

Tomou minha mão, não te quero apaziguada, ainda que eu já tenha morrido. Você é a minha última certeza. E se sobreviver a mim, terei prolongado minha vida na terra. Saberia ele realmente da minha vida, se lhe escondi sempre as sombras retocadas com uma breve luz? Mas, ofertando-me a terra, ele simplesmente identificava minha vocação para a vida. Disse-lhe, sou o céu e o inferno entrelaçados. Pareceu não se importar. Veja aquela roca, indicou-me a única parte alta da Ilha, uma vegetação carbonizada.

Não é verdade que quis ser pássaro na infância, e sonhou desprender-se dali? Concordou e acelerou em seguida os passos. Tinha hábito de correr, apesar da idade. Atravessei o Atlântico, as terras castelhanas, as rias, e o que mais vencerei para ouvir-te, padrinho? Visitemos agora os que se aprontam para morrer. Através da piteira expulsava nervoso a fumaça do cigarro. Não tragava nenhuma espécie de vida por muito tempo.

Detivemo-nos diante do sobrado de pedras de dois andares, pertencente a um ramo materno. Ali, o padrinho aprofundaria o orgulho que sentia por mim. Eu era parte da América onde ele desbravara certos sonhos, dobrara-os entre as camisas, as calças, os paletós, e objetos domésticos, até trazê-los de volta. O meu rosto, embora exaustivamente descrito por ele, haveria de constituir-se de verdade à medida que me expunha à curiosidade pública.

Abriu o portão, chegou a hora, confessou. Segui-o pelas escadas, do lado de fora da casa. Do segundo andar, via-se o mar cercando a Ilha em círculos. Uma Ilha ocupada, pensei, entretida com pêssegos, peixes, pescadores, redes, quem sabe arpões. Sejam bem-vindos, dizia Maruxa esmagando-me com afagos. O corpo pronto ressentindo-se com os sucessivos atos de apertar as mãos, beijar rostos, recuperar gestos que os ancestrais instauraram entre nós na esperança de que os copiássemos.

Sentada à mesa com farta fruteira no centro, de tal modo iludi-me com o amor que em vez de frutas pensei ver mariscos manietados com barbantes. Eu mastigava homens, mulheres, crianças, para não esquecê-los. Viera da América com visível sinal de antropofagia. Havia chegado o momento da América recolher de volta os tesouros, arrastá-los até as naus prontas para o embarque. Em todos os portos, eu dispunha de barcos.

Agradeci o café com gestos galantes, que eles entenderiam. São raros, aliás, os que compreendem os sintomas da galanteria. Alguns chegam a pensar que é expressão de um sistema decadente, outros a tomam como disfarce de verdade que não ousa vir à tona. Quando ser galante é agradecer a fruta trazida na bandeja e que talvez te incomode no futuro, mas de que não se pode privar se realmente almeja-se a vida, a coragem de privar com os costumes humanos. E ser galante, padrinho, não é evitar a morte alheia por motivos fúteis?

Tinha o padrinho posição firme a respeito. Galanteria para ele era a prova da estima universal. Através dela concede-se ao próximo a honra que acabou ele de nos assegurar. Exatamente, essas teriam sido minhas palavras se eu já dispusesse de uma linguagem. Logo eu que viera à Ilha em busca da minha futura expressão. E se cedo não admitisse a Ilha e o seu fundo de mar atapetado de náufragos e iodo, não mereceria a linguagem que começava a organizar-se em mim como uma longa civilização cujo rosto se temeu sempre desvendar. Vim para saber, padrinho. Não, você veio para reconhecer--se. E repartiu entre os presentes a broa fresca, prove deste pão amassado com amor.

Enquanto eu esforçava-me em homenagear aquela casa, o padrinho começou a fotografar-me. Fixava com avidez inesperada instantes dos quais eu viria envergonhar-me. Vergonha de não ter sentido forte, de não ter avaliado a intensidade daquele domingo numa ilha *gallega*. Eu não queria que ele me regalasse um dia com a visão de um passado sem alma. De que serve o futuro povoado de retratos amarelos?

Em torno da mesa, discutiam-se os rumos da Ilha. Do barco a vela haviam passado à lancha a vapor sem se terem dado conta, conciliados, com os novos tempos. Ponderei-lhes que avanços muitas vezes dificultavam o julgamento do que éramos enquanto vivíamos. Quer você dizer que abdicamos de nossas identidades? interrompeu-me Maruxa. Ao contrário, ninguém havia perdido um retrato que não chegou a existir. O que em seu lugar existiu, sim, foi um pobre desenho de linhas frágeis e apagadas com o qual mal nos identificávamos. Quem sabe em futuro próximo teremos mãos exigentes e firmes com que desenhar os contornos reais de nossas faces interiores. Maruxa pediu, fique alguns dias na Ilha. Me cederiam o quarto com balcão florido, diante do mar, para eu meditar intensamente. Há de sentir-se inspirada, insinuava-me a criação.

Infelizmente, partiria naquela noite. A Ilha era um perigo que devia evitar. Especialmente aquela com regaço de calor, peixe, memória. Olhei o padrinho e transferi-lhe a narrativa. Que nos contasse a história de González. Perdido de amor na adolescência, empenhou a palavra de regalar à Ilha bens que correspondessem às suas fantasias e à sua paixão. Levou precisamente quarenta anos para cumprir a promessa. Mas, quando desembarcou no cais, largou sua preciosa carga ali mesmo, e seguiu para a taberna. Quanto mais bebia do vinho negro mais fugia da casa da amada, agora velha cuidando da horta. Ali ficou para sempre repetindo, se mergulho na casa do nascimento, ou na casa da paixão, terei destruído meu difícil sonho. Em verdade, eu nunca voltei à Ilha.

O padrinho orgulhava-se de uma Ilha que concebera excêntricos. Somos todos assim, afilhada. E pediu-me, com clemência, jamais abdique da sua altivez. Maruxa disse: vamos para o quarto, a avó nos espera. Ela tinha completado noventa anos na semana passada, com a família toda em torno sem saber se lhe celebravam a festa, ou devotavam-se aos seus funerais. A avó podia morrer a qualquer instante, e sua morte não os desesperava. A avó era como a árvore do quintal. Quando enterrassem seus galhos secos, suas folhas fenecidas, o que havia enfim sobrado dela, as raízes da mulher ficariam em cima da terra, entre eles. Tudo continuaria a crescer após aquela morte.

Pedi com o olhar socorro ao padrinho. Por que visitar uma mulher querendo morrer no momento exato em que lhe invadíssemos o quarto, em protesto contra a minha presença, ou para deixar-me como amável lembrança a cena da sua morte. O padrinho apressou-me, devíamos todos participar das despedidas. Obedeci sem lhe confessar o quanto temia seguir naquela hora o destino da velha. Em cada homem que morria eu presenciava a minha morte.

Haviam-me descrito a avó como uma velha graúda, de vigor camponês, no seu tempo de ouro. Igualmente capaz de estripar animais, mexer-lhes as vísceras, e preparar-se jubilosa para as festas de agosto. Mas, não me iludisse agora com seu estado, a vida atual desmentia o que havia sido. Logo acostumei-me à luz pálida do quarto. A avó no leito vestia-se com uma camisola branca rendada, um traje de noiva reluzente, e mal percebia-se a respiração saída do seu corpo calcinado.

O padrinho falou-lhe, perto do ouvido, como vai, dona Amparo, bonita como sempre? Tais palavras feriam-me o coração, eu não compreendia uma retórica que corrompera os séculos e destinara escravos para as minas africanas. Era um absurdo pretender trazê-la à vida. Com que direito o padrinho desafiava a natureza humana a merecer a última homenagem. Acaso não via que Amparo havia morrido, eu chegara tarde para salvá-la. Ou será que as ervas da América também faziam parte do sonho daquele povo?

O padrinho insistia, não quer conhecer minha afilhada, dona Amparo? Olhe que ela atravessou o Atlântico especialmente para trazer-lhe o abraço de um país novo. Veja a senhora, um país que se intitula novo, pode ser tão novo assim? Sem dúvida, ele me provocava. E se era eu herdeira daquele homem, precisava enfrentá-lo do mesmo modo como ele disputava com a vida o direito de reformá-la. Bem perto da velha, medi-lhe a respiração. E ela vivia. Só não sabia se eu lhe dera a vida, ou ela sim que me estimulava a viver ao seu lado. Os gestos do padrinho, porém, me superavam. Tanto podia ele desembainhar a espada, como simplesmente acariciar a testa de Amparo. Em nenhum momento demonstrou sofrer com a presença de uma velha morrendo a sua frente.

Inquieta, pensei, acaso me quer aplaudindo o espetáculo de uma cultura a que não posso pertencer, e isto porque vim de muito longe? Ele prosseguia no combate, queria a velha de volta à terra. Dizia seu nome e aguardava que ela obedecesse. Finalmente, ela abriu os olhos, sorriu e disse, para eu jamais esquecer, ah, meu amigo, esta é a afilhada que veio daquela América que tragou nossos homens!

O retorno à vida por parte da velha obrigou a família a festejar em torno da cama. Haviam vencido um dia, razão pela qual transferiam a cerimônia fúnebre para a manhã seguinte. Hoje não tinham por que preocupar-se. A velha acabara de triunfar sobre a morte. E eu testemunhara o momento histórico de uma luta iniciada noventa anos atrás e cujo desfecho previa-se para segunda-feira. O padrinho alegrava-se, vejam, minha afilhada trouxe sorte, isto prova que ela originou-se deste povo. Observem as feições do seu rosto que preservei com a minha máquina fotográfica!

Constrangia-me que me ameaçasse de perto. Como parte dos festejos, ofereceram copos de xerez. Todos os brindes eram para a velha que recusara a morte em um dia de sol. Apreciei a doce intensidade do vinho. E exaltei com o olhar os escombros da velha cujo corpo encolhido parecia o de uma criança, suspeitei que haviam-lhe extirpado alguns ossos. A morte é sua melhor amiga, pensei, imaginando o sopro invisível e dizimador como o último reparo na forma humana. Já sonhava em afastar-me daquela casa, quando o padrinho tomou da máquina, agora que nos reunimos todos, quero fotografá-los em torno de dona Amparo.

Logo reservaram-me o lugar mais próximo à velha, cabendo-me pois tomar-lhe a mão semidesfalecida, e enxugar-lhe as rugas com a minha vitalidade e sorrir. Olhei o padrinho severa, para ele ao menos entender o quanto me ultrajava. Mas ele ocupava-se com a distância, o foco de luz, com o futuro. Maruxa apressava-se em pentear a velha, combatia os fios rebeldes, que lhe vieram diretamente da juventude. Por sua vez, dona Amparo esforçava-se em abrir os olhos, não queria morrer enquanto a fotografassem. Sem saber o que fazer, curvei-me para alcançar-lhe a mão, e estreitando-a entre meus dedos temi que a vida escapasse pelas suas unhas. Rápido, tampei-as com o meu calor, empenhada em que a vida lhe voltasse pelos mesmos canais que a queriam desfalcar de esperança e sangue.

Ela melhorou com meu ato de heroísmo. O padrinho continuava a exigir sorrisos. Eu não sabia se lhe mostrava dentes rijos que arrancaram outrora a carne com ímpeto do seu voo faminto. Ou exibia-lhe os lábios cerrados, um grave muro de silêncio. Devia porém esforçar-me, ser natural como os que bebem o sumo das laranjas, tangerinas, bergamotas. Combater toda aflição com a certeza da vida no bolso.

Comecei a usufruir da velha como se tivesse ela vinte anos. De cabelos negros, ela apareceu-me ofertando um pente. Foi o pente das minhas núpcias, veja os fios que ainda enrolam-se em seus dentes de madrepérola. Também o pente e a tua futura morte devo levar de volta à América? quis perguntar-lhe. E antes que me respondesse, o padrinho condenava-me a outros ângulos. Por favor, fiquem à vontade. Eu me entregava àquela orgia disposta a mudar a minha vida. Mas, que vida, afinal. A vida que herdei, a vida que fabriquei, a vida que me impuseram, a vida que não terei, ou a vida proibida, que não está na casca da pele, mas na pele íntima do sangue?

Ansioso em fixar-nos para a eternidade, o padrinho impunha-me a memória e a crença do seu povo. Eu via-lhe o modo de conquistar o meu sangue e a minha emoção. Dentro das minhas mãos a velha revivia lentamente, tal o orgulho pelas suas últimas fotografias. Mas só pude depositar a mão da velha sobre a colcha quando o padrinho cansou-se. Então, deixei o quarto sem olhar para trás, ou consultá-lo. Exigi que me salvasse, me levasse para longe. Distantes dali, quis ainda comover-me com a história da roca dos seus sonhos. Protestei firme, se não me inventa outras narrativas, porque só amo histórias inventadas, já que as nossas são tão pobres, passarei a recordar os banquetes da minha infância em tudo parecidos ao banquete desta tarde em sua casa.

Afinal, eu só voltaria à Ilha em alguns anos. E as cartas não trafegam com a mesma velocidade do nosso olhar naquele instante exultante. Abraçou-me e passou a falar dos celtas, dos ibéricos, dos visigodos, que se uniram de tal modo que seria hoje difícil isolá-los, pois um só rosto *galleto* muito tem de cada um, e eles próprios neste rosto jamais poderiam reconhecer-se ou indicar que parte dele originou-se da força dos seus sangues.

Em casa, repousamos. Sua irmã, que apesar da idade ainda cuidava da horta, garantiu-me, se fica alguns dias, dificilmente nos deixará. E isto porque a vida é lenda, e, como tal, nós a dispersamos. Já viu como os pescadores mais do que peixes pescam histórias com suas redes? Que esplêndida promessa. A espécie humana afugentando a pobreza. Sempre safras abundantes e palavras rebeldes. Hesitei por segundos. Mas, havia um continente que me aguardava, jamais o deixaria, nele incrustava-se a minha terra. O padrinho compreenderia a minha fidelidade por aquele país do outro lado do Atlântico, especialmente ele que ali tivera a alma conspurcada pelo futuro.

Padrinho, quem de nós estará um dia vivo nos retratos que o senhor tirou? Tomou seu café devagar, vi-lhe lágrimas nos olhos. Soube então que a visita estava terminada. Ainda que novos amigos chegassem trazendo os esplêndidos frutos da Ilha.

Quando o sino da igreja repicou para a novena de maio, ele pegou um pacote, ali estava o meu presente. Expulsava-me da casa com a segurança de me saber agora rica. O barco deixaria logo a Ilha. Vieram todos ao cais para as despedidas, alguns em casa cuidariam da ceia. O padrinho à frente abria o caminho para eu vencer os últimos obstáculos. Beijei-o algumas vezes, fui à testa. Naquela fronte eu surpreendera luz, o farol cercando as águas. Até breve, padrinho. Hoje, ou amanhã, sempre nos veremos, disse ele comovido. Repassei na memória os anos de sua vida, para não esquecer. Somos de raça forte, não é, padrinho? Abraçamo-nos ainda, e logo o marinheiro me jogou dentro da lancha que se afastava depressa. Me pareceu ter visto o padrinho chorar, ele disfarçava abanando a mão com veemência. Adeus, gritei. Aquela Ilha era encantada, foi meu último pensamento depois que a distância nos separou para sempre.

TARZAN E BEIJINHO

Conheci Tarzan e Beijinho em Malibu, antes de se transferirem para o Leblon, uma praia que havia tragado o coração de muitos almirantes batavos e sereias litorâneas. Viviam em Malibu como se ainda pisassem as areias de Cabo Frio. Para tanto recorrendo a símbolos nacionais, desde o azeite de dendê, a bandeira verde-amarela, até à flâmula rubro-negra. E quando uma pergunta lhes soava particularmente delicada, respondiam em português, teimando em apelidar de João a Mr. Blackmur. A nostalgia do exílio, longe de debilitá-los, poupava-os de qualquer desgosto. Assim, sempre que lhes falavam de Copacabana, como um sonho distante no horizonte, Beijinho dizia, para eu traduzir:

– Ah, a invernada de Olaria.

Eu não sabia explicar a frase a Mr. Blackmur. Havia um país a preservar. E nós éramos o país deixado atrás à altura do Rio de Janeiro. Tratava-se sim de uma festa móvel, celebrada em qualquer estação do ano, e para a qual a população era convocada. Todo o morro descia para o espetáculo. Cabia ao destino indicar os protagonistas de um festejo a que jamais faltavam bebidas, sangue e alegria.

– E quem separa a alegria da tristeza! – disse Tarzan, para que o aplaudíssemos. Beijinho prontamente condenou-lhe a antinomia em desuso, criada com intenção de ferir a uma das raças mais nobres do hemisfério.

– E a que raça ofendo sem querer?

– Os ciganos. Eles choram privados de qualquer critério. Nunca sabem se é de alegria ou de tristeza. Por favor, Tarzan, não me venha mais com metáforas. Como pode ser um homem do mundo se ainda recorre às heranças deixadas no chão e pisoteadas por todos.

Induzido por Beijinho, que recém-tingira o cabelo de louro, Tarzan compreendeu que deviam regressar à pátria. Mais econômico seria fingir no Rio que estavam em Malibu. O cargueiro holandês cuidou em trazê--los junto à coleção de conchas, búzios, cavalos-marinhos, o pinguim empalhado, toda a imensa concentração de salitre e mineral que Tarzan e Beijinho haviam recolhido do fundo do mar.

Certa vez, eles me confessaram, no fundo do mar encontram-se nossos corações, é preciso ir bem fundo para ouvir-lhes as pulsações. Teria sido um convite para eu fugir deles, me censurariam o modo de olhá-los? Ou simplesmente suplicavam que fosse visitá-los com o *aqualung* até o fundo do mar. Sobretudo Beijinho retraía-se sempre que tocada. Mesmo diante do gesto que tivesse como desfecho abrir-lhe o zíper do seu *collant* vermelho. O seu pudor obrigava-me a pedir-lhe desculpas pelas uvas roubadas do seu prato em nome da minha fome. Sua vingança nestes casos era corrigir-me, dizia meu nome duas vezes, sabendo que a força dele estava em pronunciá-lo de um só fôlego. Sempre me esvaí quando o repetiam com ociosidade.

Tarzan não respondia pelas desavenças da mulher. Defendia a tese de que ambos haviam chegado ao mundo separados. Cada qual lutava a seu modo. E sem temer que o chamássemos de covarde. Acaso havíamos esquecido que podia ao mesmo tempo assaltar ondas e montanhas acima de mil metros, e ainda assassinar tubarões? Tinha pelas montanhas, porém, especial desprezo, inconformado com uma monumentalidade estática, de evolução imperceptível.

– De nada serve que se transformem em milênios. Não estarei vivo para lamber-lhes as tetas.

Apesar do cenário modesto da sua luta, sempre de duração efêmera, sua campanha contra os códigos e a geologia comovia-me. Bebia Coca-Cola com champanha, sem hesitar em eleger o *brût* mais caro. Ajustava a língua ao paladar e pedia a Beijinho que o auxiliasse a melhor apreciar uma mistura nascida do engenho e da arte.

– Não me amole com a sua vulgaridade – ela dizia.

Tarzan deixava o chalé de Malibu com a roupa do corpo, tomava o Greyhound na esquina, pronto para uma viagem sem volta. Sempre saltou no posto de gasolina, a um quilômetro da casa. Vinha arrastando-se após vencer o deserto e a fúria dos nômades. Beijinho reconhecia-lhe o esforço.

Recebia-o como se tivesse apontado no quadro-negro da cozinha os dias de sua ausência a giz, faltando-lhe forças agora para dar-lhe as boas-vindas. Tarzan voltava à Coca-Cola e ao champanha proclamando: ganhei desta vez. Ela retrucava: você é um urso-polar perdido entre ondas e caranguejos disformes. Acusava-o de pré-histórico, decretando-lhe o fim através dos símbolos insurgentes.

— Um dia, Beijinho, não volto mais. Ou melhor, terei evoluído tanto que você, para mim, passará a ser uma sereia. *Mermaid*, ouviu? Então não sabe, sempre que uma criatura evolui em excesso, a outra fica atrás, com garras, casca e algas coladas ao rabo?

Beijinho recorria ao espelho: ainda estou bela, Tarzan, apesar de você correr pelo tempo com o seu carro Fórmula 1. No tribunal instalado na sala, serviam apenas as acusações de origem noticiosa. Ambos tinham formação visual, com rápidas incursões pelos jornais.

— O que se passa no Brasil, além de Pelé e Emerson?

Descrever um país a que se deu as costas não era fácil. Ponderei-lhes que havia o empenho de apagar vestígios de nossa origem, para isto queimavam em praça pública até mesmo preciosos pergaminhos. Os únicos depoimentos com que contávamos para provar que havíamos vivido. Tais atos no entanto considerados necessários a um povo em ascensão peculiar. Bastou que eu dissesse peculiar, para Tarzan exigir que lhe descrevesse a Zona Sul, a única geografia nacional por onde havia circulado. Para ele, o Brasil era uma metáfora que não merecia texto.

— Veja você, só São Paulo é um episódio dramático. Quem aguenta a narrativa de um Estado que altera a própria história a cada cinco minutos? E a pretexto único de estar além de onde realmente se encontra.

Tarzan orgulhava-se de sua filiação ao futuro, capaz, ele sim, de a tudo julgar com acerto. Condenava meu nacionalismo exagerado, assim como a melancolia que me via nos olhos. Dizia f-u-t-u-r-o num urro fino que vinha do extremo do istmo até o arquipélago. Eu era o arquipélago.

— Você fala tanto de futuro, mas onde estarão seus músculos quando ele aparecer com cara de bisão — disse Beijinho.

– Bisão não é futuro. É um animal do passado, em extinção. Como o condor americano.

– Exatamente, seu bobo. E de que modo define-se o futuro em que não estaremos senão provando a sua extinção.

Tarzan beijou Beijinho. Ela aceitou as manifestações da vitória. O navio atracou ao meio-dia na praça Mauá. Tarzan chorava abraçado aos estivadores. Ainda temos direito ao Brasil? pedia-lhes socorro. O apartamento estava limpo, a mãe de Beijinho varrera, junto à poeira, os objetos pessoais de Tarzan. Sob seus amargos protestos: como dilapidam meu patrimônio deste jeito?

Fez-lhe ver Beijinho que não podiam confiar em sua memória quanto a bens, riqueza, futuro, se não distinguia uma terça-feira de uma quinta do mês de agosto. Ele aceitou que Beijinho o trouxesse à realidade. Ela jamais mutilara sua carne ao traçar-lhe um roteiro sobre o qual caminhar com conforto. Não eram afinal objetos preciosos, simples recortes de jornal, garrafas vazias, anzóis enferrujados.

– Ao menos os discos com defeito teriam servido de cinzeiro – disse ele.

– Só porque foi moda há dez anos? Moda é como serpente, a cada bote traga várias vítimas.

Tarzan percorria o corpo de Beijinho como um território em chamas, buscava ali rios e lagoas. E quando ela voava tão alto que ele, afeito ao mar, não a podia alcançar, pedia-lhe por favor que traduzisse a vida difícil.

Ela se entediava, ora, Tarzan, não sabe que nós, mulheres, fomos derrotadas no paraíso?

Horas depois, Tarzan trouxe novidades. Descobrira o país embriagado de cerveja, seus vapores em todas as esquinas. Era este então o retrato do Brasil que você esqueceu de desenhar lá em Malibu? Não é para menos que se urina tanto.

– Queríamos visitar a cidade pelo prazer de adotar passaporte estrangeiro na pátria e soletrar sílabas como se mastigássemos cacos de vidro. E por onde se começa, para deixar de ser brasileiro?

– E lá sei, levo o disfarce por tantos anos – disse eu.

Beijinho trilhava a emoção outra vez. Defendia que abandonássemos o berço mediante a composição caricatural, que talvez fosse a nossa única máscara real. Não havia outra salvação. Enfeitada então de pedras semipreciosas, chapéu-chile, saia vermelha, blusa de *nylon*, que foi difícil encontrar, e óculos brancos, queria a custo parecer turista rica e sem gosto. – O requinte é a perdição de quem viaja pela terra.

Tarzan pedia-lhe referências, queria estar de acordo com ela.

– Não quero ninguém parecido comigo. Se eu própria jamais me repito, como ousa colar-se à minha cauda de noiva. Odeio fotografias.

Tarzan apresentou-se de terno brilhante, sapato de bico, gravata de nó apertado, uma pérola próxima ao pomo de adão. O canino revestido de folha de ouro realçava-lhe o sorriso. Até de minha flor de maracujá chamou Beijinho.

Vestida de mim mesma, sem precisar do espelho a corrigir-me, eu destoava deles. Por onde Tarzan e Beijinho seguiam, eu procurava as marcas visíveis de sua passagem.

Cruzamos o Baixo Leblon. Obrigados a arrastar pelo Luna, Alvaro's, Degrau, Antonio's, uma cara de espanto que surpreendesse os curiosos. Mal nos viam, os habitantes do Leblon refugiavam-se na própria nau. Invadir terra alheia naqueles tempos era transgressão simples.

– Estou cheia, Tarzan. Vamos dar o fora deste *poster* grudado nas paredes de Inhaúma. Busquei a compreensão de Beijinho, ela traiu-me com a insistência de que continuaríamos até o total consumo do uniforme. Passamos pelo Pizzaiolo, Acapulco, a Galeria Alasca. Tarzan pediu licença para descansar no carro.

Beijinho colhia favores e amoras. Marcava encontros, trocava bilhetes, para o mesmo dia, hora e local. Assim não esquecerei. Tarzan cedeu-lhe mais lápis e papel. O lápis logo perdeu a ponta e Beijinho o arrebato. Pela manhã, em casa, tiramos as manchas da boca e do corpo com Bombril e Odd sabor limão. E admitimos, antes Malibu fingindo estarmos em Cabo Frio.

Pela primeira vez pensei, por que grudo minha vida a Tarzan e Beijinho e nos estamos tornando um a sombra do outro? Sempre me faltara a coragem de propor-lhes tal questão, insinuar uma transcendência que condenavam na vida de praia que ambos haviam adotado. Ou dizer-lhes: por algum tempo seguirei caminho contrário ao de vocês. Precisava descobrir o mundo sem o socorro deles. Haviam-me transferido sinais de vida que me alimentariam por longos meses, o tempo de equilibrar-me sobre modesto decálogo, e com o qual respirar, criar hábitos.

– E não é verdade que sou agora criatura de hábitos? – queria Tarzan confirmando meu grau de adaptação. Ele julgava porém segundo as informações passadas pela mídia naquela semana. Admitia-se, orgulhoso, produto da televisão. Não fora a televisão aliás e eu nem teria nascido, confessou-nos uma noite. Chovia e o vento açoitava a janela até que a trancou com martelo e prego.

Sozinha, arrumei a mala, cingida ao essencial. Sem abandonar certo ritual que Tarzan e Beijinho não conseguiram extirpar de mim. E por que ficar. Afinal, não vivíamos em comunidade, nem dividíamos cama comum, como talvez suspeitassem os vizinhos por conta da nossa assiduidade. E quando Tarzan e Beijinho se beijavam era sempre um beijo cálido, jamais se transformou em paixão à minha frente. Nunca surpreendi em seus rostos a breve contração de quem pena o desejo e o transfere para as sombras da noite. Aquele amor realizava-se com ciência que eu não saberia descrever.

Através de Rawett, tomei um quarto no Hotel Paissandu. Durante uma semana passeei pelo Catete, comia bife com fritas no Lamas. Mas imaginava Tarzan saudando o futuro pelas manhãs, ao fazer ginástica. Um hábito seguido de iogurte e queijo de minas. Para que Beijinho com mão formosa o trouxesse até o presente. Ele então cedia-lhe o futuro mediante a felicidade que via em seus olhos. Não se dando conta da pressa de Beijinho em logo consumir o presente.

Já sem roupa com que vestir-me, voltei a casa. A chave quase não coube na fechadura pela ferrugem. O regresso parecia assinalado pela marca do abandono. Debaixo da porta, os bilhetes de Tarzan e Beijinho: por favor, por que a violência, quando há outros modos mais delicados de matar; não podemos mais viver sem você; já não somos Tarzan e Beijinho, somos você quando está perto; o que quer que sejamos, para lhe agradar?

Cada bilhete apertado contra o peito prometia terra nova, sempre a figura da âncora esboçada no papel. Eu me comovi. A vida sem Tarzan e Beijinho era triste, trevas eu mastigava pela manhã, o café sem gosto de açúcar, ia o fel cobrindo-me a cara.

Ao menos uma vez preciso sorrir, pensei com volúpia. Fui ao encontro de Tarzan e Beijinho. Guardava um lenço no bolso, para quando nos abraçássemos. Se um lenço não era a manifestação do futuro, era no entanto a varanda em que nos abrigaríamos por toda a tarde, até o escurecer. Eles não estavam. Regressariam no dia seguinte, garantia o porteiro. Havia indícios de viagem, os vasos de flores do lado de fora, para que uma alma os banhasse de água e ternura.

Deixe-lhes mensagem de amor e fidelidade, não voltaria a fazer restrições à nossa vida em comum. Única e com sol. Quem era eu para corrigir os desvios da própria paixão. Ou deixar de exaltar os pródigos empenhados em dilatarem os minutos, os centímetros, os dias da existência humana. Esperei com o coração repousado na mesa, lembrava que me haviam um dia confessado:

– Nossos corações encontram-se no fundo do mar.

Mas, que mar, meu Deus, para eu precisar mergulhar tão fundo, ou viajar tão longe? Já não mais seria Malibu, quem sabe algum oceano novo, recém-descoberto em cartografia inovadora. Não vieram naquele dia. Sofri a espera com café e biscoito creme-craquer. Ainda um outro dia, para sorvê-lo com gosto de derrota. A cada noite amontoavam-se lixo, desesperança, bagaço de laranja e cigarro. Onde haviam ido Tarzan e Beijinho que me fazem sofrer a dor para a qual não me prepararam, não tinha condições de suportar com meu único corpo, minha única alma, com o que eu era. Ser, aprendi naquela semana, tornava-se alguma coisa inatingível.

No sábado, eles vieram sem me abraçar. – Aprendeu agora? disse Tarzan, com rosto sofrido. Eu lhe escavara algumas rugas e ele se deixou apreciar. Beijinho bem quieta não tecia as imagens com que inundava o cotidiano e nos amávamos.

Durante horas evitamos qualquer olhar. Fora uma ausência tão difícil. Colidíramos contra navios, as extremidades feridas, e capengávamos. Ainda não sabíamos em que nos convertêramos. A responsabilidade do tiro talvez mortal partira de mim, e eu tremera. Saímos passeando pela praia, havia cheiro de sal e gasolina de octanagem baixa. Tentei sorrir e eles me corrigiram. Quietos, de mãos dadas, agora parecíamos turistas descobrindo a cidade, a nós mesmos.

O SORVETE É UM PALÁCIO

É uma exaltação nova esta de agora. Desmancha os nervos e me deixa terna. Logo eu que perdi a vida entre risos nervosos. Aqui estou a estremecer, mas sem ir ao chão buscar ciscos, segurança, falsas emoções. Serei ingrata com a vida só porque quero afastar os galhos que desequilibram uma árvore solitária?

Ah, como a memória é uma carícia fugaz. Confundo datas, acontecimentos, e as raras mãos que pousaram em meu rosto. De quem era mesmo a mão que me fez sofrer quando se afastou? Tudo parece irmão do vento. A verdade é que jamais identifiquei os meus pertences nesta imensa herança sem nome que é a terra.

Na praia, provei do sal e da alegria. Esquecida do espelho a proclamar que a carne não é mais um sortilégio para as mulheres de minha idade. Mas, por que deveria eu assustar-me com o tempo, este calendário desprezível. Que compromissos tenho com ele? Desço os degraus com a mesma contrição de quando ainda estava a subir. Talvez o pai responda por tal desprendimento. Instigou-me desde pequena a enfeitar as estrelas, e não é nossa missão na terra adornar com volúpia e açúcar-cande este bolo que nos foi legado?

Sou de Câncer, e não de Capricórnio. Nos meus aniversários, o pai ia-me ao coração com um corte de seda comprado na Casa Gebara, que eu logo esfregava contra o rosto. Nenhuma pele jamais se igualou ao fio do bicho-da-seda. Ele me queria sorrindo antes do café quente. E quando vinham os convidados eles se abrigavam sob o telhado de lágrimas e júbilo de nossa casa. Tínhamos quintal e mangueiras frondosas.

Os solteiros mereciam atenção que o pai fingia dissimular. Passava por eles algumas vezes antes de recordar seus nomes. Escondia a ansiedade junto ao guaraná e à cerveja afundados no fundo do tanque, entre o gelo recoberto de jornal. Aos domingos, treinava o discurso destinado ao pretendente que chegasse primeiro. E me dizia, nunca se sabe o que a vida vai exigir de nós, a qualquer momento me pedem a sua mão e junto seguirá o seu destino.

Só depois de muitos aniversários percebeu que ainda não se havia marcado data para ele levar-me ao altar. Com a dignidade ferida pela longa espera, passou a dizer às visitas que não tinham motivos para ficar, a menos que quisessem muito. Já não escovava o terno escuro com o ímpeto de antes e engordou.

Mas este homem é diferente. Me trouxe o sobressalto, tenho o coração entre os dentes. E não que seja bonito, ou jovem. Suas pernas intrépidas trotam como um cavalo árabe pelas areias de Copacabana. E seu pudor resguarda as intimidades do corpo dentro do calção largo por não querer ferir o olhar alheio com as próprias exuberâncias. Mas, de que exuberâncias estou a falar, meu Deus? E que parte do seu corpo poderia ferir-me se me chegasse com amor? Sua vida aflora a todo instante sem prova de esgotamento. Seguramente o ditame do seu coração é de colher flores da areia povoada de banhistas.

Ao seu lado, não sinto medo. A própria vida fortaleceu-se desde que o vi pela primeira vez nesta manhã. Adivinhou-me os sonhos, enxergou nas minhas pupilas o deserto, as dunas, os xeques, a história da minha vida. E assegurou-me pelo olhar que, embora nós dois atados ao Brasil, não havíamos perdido o direito de inventar outros continentes sob as asas do amor.

Foi com voz delicada que me consultou, preciso de dinheiro para a minha pequena indústria, quer ser minha sócia? O seu pedido intuía a minha carência, e que eu o seguiria em noite enluarada. A plenitude do mar estava ao meu alcance, apesar dos bichos de areia afligirem o meu sexo e eu não ter como socorrê-lo. Não quero que ele me julgue sem pudor, uma mulher de prendas desoladas, nada tendo a defender. Não, meu coração é teimoso, jamais deixou de apurar-se só porque lhe faltou o afeto.

Sem dúvida, é um homem modesto, mas seu caráter é de tijolo rubro. Seu olhar estimula-me a misturar à mostarda do cachorro-quente um pouco de aventura. Para que, ao visitar o passado, eu possa preenchê-lo de mentiras. Ou deixar a terra por instantes, sempre que queira. Tudo nele insinua que acompanha firme e contente a fantasia, do mesmo modo que vai à cozinha e sorve de um só golpe o café da xícara.

Com sua ajuda, estou-me dando conta das vezes que fui ao passado, e que o medo não me deixou chamá-lo deste modo. Quem sabe não o terei visitado todas as manhãs, de onde emergi unicamente para transitar livre pelo presente, a que cheguei sempre com algumas horas de atraso. E me pergunto se terá sido bom, ou terei por isto perdido as melhores horas da festa.

Recompensou-me os devaneios abrindo o seu peito. Por ali passeava-se como por uma avenida sem fim. Vi-lhe o coração, as artérias que o pranto e os anos distenderam, tudo que havia dentro eu vi. Os três filhos na escola pública, a mulher a acusá-lo de haver escolhido uma vida sem esperança. De nada servindo que ele lhe prometesse o dia de amanhã com uma casa enfeitada de flores. Diante do espelho, a mulher ia contando os cabelos que lhe caíam em excesso, do mesmo modo como sua dor ia ao chão em queixumes. Encolhida nos trens da Leopoldina, ela responsabilizava-o pela humilhação sofrida em qualquer parte que fosse. O Brasil era um látego para ela. Ser pobre aqui é despojar-se de nome, alcunha, de qualquer apelido que nos redima na hora da morte. Sua alma trajava-se de negro. Irritado, ele dava-lhe as costas, o que quer ainda, mulher, que eu passe a roubar?

Bastava-lhe atravessar o túnel, em direção a Copacabana, para perder a família. Como se pisasse o paraíso. Tudo abrigava os seus sonhos. Os rostos afogueados e a areia em fogo. Sentia-se o deus de tridente na mão nascendo entre espumas. De volta a casa, dava-se conta dos encargos. A cara da mulher denunciava a realidade. Mas que realidade é esta que ela não enfeita e obriga-me a carregar nas costas como um contrapeso de alcatra? É bem verdade que a casa pequena mal comportava os móveis feios. Não tinham cortina dessas pintadas onde os olhos descobrem ramagem, nervuras das folhas de uma primavera promissora. A mulher extraía-lhe o brilho do rosto destilando indiferença ainda que o visse mudando de roupa, a querer um gesto de carinho. Jamais passou a mão pelo seu pijama listrado, antigo orgulho seu. Foi comprado nos áureos tempos da Ducal. E quando me deito, ela se põe de pé. Pareciam combinados. Para não se esbarrarem. Nenhum relógio os surpreendia agora no leito. Sua confissão me provocava lágrimas. De que beleza era capaz. Isto de dizer as coisas de modo a que não se afundem no chão, antes fiquem na superfície e possam ser vistas para sempre.

Não é feliz, ousei perguntar. Sou feliz como pode ser um homem que fabrica e vende sorvete na praia de Copacabana. Ah, Copacabana, também o pai e eu, contrariando a vontade da mãe, exultamos quando da nossa última viagem de trem. Nunca mais voltaríamos ao subúrbio, lar de toda uma família. Eu não me conformava em vir a Copacabana e logo ter que voltar, deixando atrás as marcas do sonho. Pensava o tempo todo, um dia venho e nunca mais saio daqui. E me alimentarei exclusivamente de ilusões e mistérios que nos estão a faltar à mesa de jantar. Como eu, o pai mergulhou no mesmo sonho. E juntos, muitos anos depois, decidimos abdicar da casa tangida pelas memórias, em troca do apartamento reduzido. Só que a vida em Copacabana entrava pela boca em doses incontroláveis, e não eram nossas as bocas que se alimentavam desta vida.

Quis tomar sua mão, provar-lhe que aquela geografia do Rio conquistava-se a duras penas. E que ao confessar seu fracasso irmanávamos como membros da mesma família. E não se tratava do fracasso que extrai penas e pelos do corpo, e mergulha-nos no soluço. Ou que decepa cada metade da hora que nos cabe viver. Não, jamais perdêramos o direito de pisar com os dois pés o próximo domingo. A felicidade anunciava-se sempre que deixássemos para amanhã o que não se pudera viver na doçura de um dia chuvoso. O nosso fracasso aconselhava-nos a não gritarmos com a intensidade que nos teria, quem sabe, aliviado para sempre.

Pergunto-me, às vezes, se o pai vivesse me estaria aplaudindo. Talvez creditasse minha complacência às novelas a que assisto, todas arrastando para dentro da sala a vida alheia, que é tudo que ambiciono. Por que será que prefiro viver a vida do outro que a minha própria? Acaso não há no mundo uma só alma capaz de ocupar-se dos próprios interesses e aliviar-se? Ou viver será transferir para o outro o que é nosso por direito. E esta é a essência das novelas, o único capítulo possível da existência. Assim é o esplêndido domingo de uma vida que a Janete Clair melhor que ninguém descreveria.

Ele ameaçou despedir-se. Esgotara-se o estoque de sorvete naquele dia. Seu problema era fabricar e escoar o produto ao mesmo tempo, contando com dois empregados apenas. Logo que melhorasse, ou confiasse na humanidade, arrumaria um sócio. E olhou-me suplicante. Mas, eu empenhava-me unicamente em não convertê-lo em mais uma lembrança. Ambicionava prolongar aquele instante por toda a vida, ainda que através de um esforço penoso. Afinal, uma vida se organiza mesmo de modo precário, não obedece a regras. Assim, se eu lhe estendesse a mão, ele ficaria. E nunca em troca de uma imagem que me humilhasse. Queria ele pensando, que mulher fina, dá gosto apreciar.

Só quando me senti familiarizada com a areia, e graças a ele que me ensinara seus encantos, perguntei, não está com fome? A luz dos seus olhos estimulou-me a prosseguir, a vida está tão cara, melhor que venha a minha casa para um lanche. Embora não fôssemos contar com o pai e a mãe desaparecidos nos últimos anos. Eles teriam sido os primeiros a aprovar um novo amigo à mesa.

Aceitou com uma cara límpida, sem riso safado. Ah, eu não teria suportado, Deus sabe que não quero falsas aflições, mas um homem capaz de interpretar meus sentimentos, serei acaso a última flor do lácio?

O lar para mim é terra sagrada, onde tudo se molda ao nosso gosto e afeição. Esta porta deve escancarar-se unicamente aos que se dizem solidários com a causa humana. E já não será ele um amigo de casca fina fortalecida pelo sol de Copacabana? Sim, eis um homem que se recusaria a fazer meu corpo vibrar à custa da minha alma ofendida. E não me terá finalmente chegado o momento de sorver o fundo da taça sem temer os efeitos do seu veneno?

Às vezes, procuro descobrir a exata medida do sonho. E se seria eu capaz de indicar com quantos centímetros arma-se uma ilusão de modo a que seja hexagonal, que é farta e duradoura. Não sei com quantos sonhos entreti-me desde a infância. O pai corrigia-me, não se devem acumular sonhos com a mesma cobiça com que os outros reservam moedas de ouro. Jamais me acusou de o ter privado dos netos. Cuidava da minha solidão acrescentando-lhe esperanças, ainda que a mãe lamentasse meu desprestígio através de bufadas com cheiro de alho e dentifrício.

Só que agora era diferente. Havia encontrado um homem perdido no deserto, arrastava as pernas pelas trilhas abertas por outros banhistas e ainda assim mantinha-se gentil, seguia-me pelas ruas sem ao menos indagar quem eu era, se vivia em apartamento próprio, para melhor avaliar minhas riquezas, e não me apalpava o braço a pretexto de socorrer-me.

Apenas escolheu a poltrona do pai. Antes de morrer, o pai havia confessado, lamento abandonar a poltrona onde durante anos me iludi com a Monarquia. E esta frase não me definiu sua vida, ou traduziu-lhe os sentimentos. O que teria querido dizer exatamente? De repente, na poltrona do pai, o homem me esclarecia que o pai jamais aderira à causa monarquista, pois nunca dera vivas ao Imperador, quando nada lhe impedia. Simplesmente havia ansiado pelo poder que os da casa não lhe asseguraram e de que não quis privar-se em sonhos.

Precisou o sorveteiro aquecer a poltrona com o seu corpo popular para afinal eu exaltar a ordem natural das coisas. E sem a qual, quer no exílio, ou em outro sistema constituído, eu não seria feliz, ou poderia aplaudir o instinto do homem instalado na poltrona do pai que não se prestava apenas para ler jornais, repousar, mas especialmente para experimentar o inefável sentimento do poder.

Prefere um cafezinho, ou suco de maracujá? Tão concentrado em si mesmo, ele não fazia ruído. Antes eu tivesse mandado pintar a cozinha, já a descascar. Por ali não se poderia passear a descobrir as delícias de um país estrangeiro. Estávamos mesmo cingidos ao Brasil, prisioneiros desta imensa nação. Mas, por que será que estou sempre pendente do país alheio, da paisagem remota, do rosto na calçada contrária. Serei eu mesma o tempo todo?

Contrário a mim, ele é sólido. É o próprio retrato a qualquer instante. Mesmo distraído. Se de repente eu lhe tocasse na campainha da vida, estou certa, ele mesmo responderia à porta. Então, ele se basta tanto a ponto de proibir que um outro se aposse dele?

Está bom de açúcar? Ensinado pela mãe a ter boas maneiras, seu dedo mindinho parecia a alça de uma xícara. A pobreza fortalecera-lhe a educação. Mesmo em Copacabana, ambos éramos bem-educados. E bebendo depois o suco, disse, parece maracujá da minha infância, muita água e açúcar campista. É, sim, nasci em Campos. Aplaudi-lhe o nascimento numa cidade cortada ao meio por um rio fiel. É comum na Europa as cidades divididas em duas, uma margem pobre, uma outra próspera.

Também você deixou fugir pelos dedos este tempo áureo? Ele olhou-me sem entender, o rosto embaçado. Quis-lhe explicar, sou rara como os frutos dos trópicos. Mas a confissão mais ainda me perderia. Eu era quem armava a vida com palitos de fósforo. E podia ser amiga porque o coração abrigava mel e deixava-se cortar em dois. O mundo eu levava para casa como um pedaço de bolo, cada palavra querendo dizer justamente o contrário. E terei por isto mesmo ficado solteira?

De nada servia desculpar-me. Pressentia outros estragos. Se quisesse desfrutar do calor daquela poltrona, o homem teria que se acostumar. Ele acenou a cabeça, consentia que à minha idade eu fosse feliz. Escolhi a poltrona da mãe, a três metros da sua. O pai e a mãe impuseram entre eles aquela distância. No corredor da casa, ambos conversavam sem apostar no futuro. Eu apreciava aqueles amantes que por recato escondiam o prazer vivido em certas datas. Com que discrição não lhes rangera o colchão!

A timidez do homem insinuava uma paixão concentrada no sorvete que suas mãos construíam diariamente, o sabor frio desfazendo-se na língua solitária. Descrevia um sorvete como os palácios marroquinos dos filmes de Maria Montez. Todos de mil volutas embaralhando a compreensão geral. Havia inúmeras portas que vencer até o trono real. Ambos visitávamos a África do Norte, a muçulmana, cujas narrativas excedem a um ano. Para contá-las, há que ter a vida nas mãos.

Servia-se da baunilha, do chocolate, do rubro morango como areia molhada a deslizar pelos dedos. No espaço armava torres, agulhas, flechas de todos os feitios. E porque falava da própria criação, que é um espinho no coração, a doce transparência do sorvete me fazia sofrer. Ah, meu Deus, com que direito a tudo dou uma imagem contrária ao que vejo, não me bastando a vida como realisticamente apresenta-se. Sou grosseira e rude ao atribuir-lhe formas que ela rejeita, não está no corpo da vida abrasar-se com semelhantes engenhos. Mas, não será o sorveteiro uma realidade a que posso dar crédito real? E tendo ele estado aqui, à minha frente, não reforça assim o meu pensamento, que é toda a aparência do meu desejo, ou simplesmente o caramelo que o enfeita?

Você mesmo constrói os seus sorvetes? Lá me escapou a pergunta mortal. De novo feria os humildes. Quem sabe ele deixaria a casa sem tempo de ajoelhar-me à sua frente pedindo, por favor, perdoe a minha poesia, tudo é você em palavras que eu te devolvo. Eu respeitava aquele arquiteto a erguer um mundo frágil pela força da sua vontade. A lidar com formas que o calor desfazia. E se eu lhe dizia *construir*, é porque pensava no Niemeyer, que também sonhara com sorvete.

Confessou-me não saber viver longe do mar. Sentia-se um caçador de pérolas obrigado a viver na terra, para quem o sorvete era a doce lembrança de uma corrente marítima. Disse-me, trato o sorvete com cortesia, especialmente quando uso tintura para reforçar a palidez da fruta. No dia em que não faça mais uma criança sorrir, vou vender abacaxi na feira. Já pensou se também nós tivéssemos a casca vergonhosa e briguenta do abacaxi?

Quis-lhe dizer, quem sabe nos amaríamos não fosse pelo medo de quebrarmo-nos como um cristal? Quando ele gritaria, não repita esta blasfêmia, acaso desconhece o valor de uma pele delicada e lisa? Mas ele distraía-se como se a pele humana dispensasse reparo, existia só o sofrimento da carne. Apegou-se mais à poltrona, ora falando dos filhos, ora do provisório amortecimento dos dedos provocado pela temperatura do frigorífico.

Da mulher, falava devagar. Há muito não se encontravam em uma esquina onde, entre abraços, descobririam uma casa comum aos dois. Só falta a gente se separar, ele disse. E me pareceu que confessava eu te amo. Eu suava, como suportar sozinha o encontro com a felicidade. Mas logo o meu coração envergonhou-se de uma alegria que não se proclamava de modo a ele ouvir-lhe o alvoroço, o eco de uma esperança.

Aquele amor podia ferir-me, ou fazer-me feliz para sempre. Se vivesse, o pai me abraçaria por aquela estima outonal. Embora dirigida a um homem que vendia um produto julgado menos nobre. Pai, ele é um criador, pensei comovida. Meu Deus, o que será do Brasil se lhe roubam o imaginário?

Senti uma aragem, o pai assoprando-me, concentre-se apenas no bolo nupcial que a faça feliz. Ofereci-lhe mais café e biscoitos, queria-o livre para abandonar a poltrona. Ele resistia, ensinava-me que antes do júbilo exporíamos nossos padecimentos no meio da sala?

O sol o calcinara, e eu o refrescava como nenhuma outra mão antes o fizera. Descrevia-me a rivalidade entre os passageiros da Leopoldina e os da Central do Brasil disputando as sobras à foice e martelo. Um dia, muito próximo, lutariam pelos trilhos do trem, pelos vagões de aço cuspindo fogo e gente. Falava com sentimento de honra. Nos torneios medievais sobretudo vingavam-se tais afrontas. Tive vontade de chorar diante de um homem com alma de mulher. E que por isso combinava baunilha com chocolate. Ah, os irmãos Grimm que de tudo faziam açúcar. Grimm, não, Monteiro Lobato, corrigi com arrebatado ufanismo.

Sorveu outro cafezinho com ruídos de um beijo sôfrego. Então é isto paixão, consultei, e a resposta amoleceu as minhas coxas protegidas pela saída de praia. Temi que vendo a minha aflição ele provasse o quanto o amor, acima mesmo da esperança, exigia nada menos que as raízes descascadas de uma árvore, a verdade ferida de um retrato antigo. Como que me recomendava imobilidade, o gesto contido, logo a mim que ouvia encantada a sua história que unicamente pretendia confessar que a partir daquela data meu destino era a felicidade ao seu lado.

Feria-me a força da vida. Ah, se o pai e a mãe testemunhassem a aflição do prazer que afasta de nós os outros mortais. Quando virá novamente? disse para que me soubesse à sua espera. O sorvete era a alma do homem que eu ia amando. Mesmo que se derretesse, sua habilidade reconstituiria a forma perdida. Eu jamais o livraria de uma imaginação que lhe ensinara a lidar com a transparência de um sorvete.

Nervoso, ele andava pela sala. Talvez me quisesse amar ali mesmo. Parecia um perdigueiro cujo coração tinha as batidas do trote. Também eu me inquietava. De que modo agiria um homem acostumado a criar um mundo apenas com água, açúcar, leite, frutas, essências raras? Este homem era a hora da madrugada quando meu peito sobressaltado compreendia o alvorecer. Seus atos tão claros que eu o vazava com uma lança, da sua carne não sairiam o vinagre e o sal que ferem. Quase gritei, mate-me a sede com o sorvete das suas mãos de fada.

Ofereci-lhe, no entanto, a poltrona da mãe, substituindo-o na do pai. Quem sabe nossos corpos na troca não nos seguiriam, e, na poltrona do pai, eu usufruiria do seu arrebato. Deste modo amando-me ali mesmo, eu a pedir-lhe cuidados, ele fazendo-me ver que o vasto e inexplorado corpo da mulher também produzia morango, pistache, êxtase e seus cremes. E não é assim que se encanta ela com o próprio corpo? E quando o seu amor sempre rigoroso me fizesse sofrer, eu aconselharia prudência até habituar-me à dor de ser amada.

Enquanto pensava na dor de ser amada, ele descreveria a sua mulher para eu entender que a luz de tais palavras difamava a escuridão do corpo da companheira. Os olhos brilhantes, eu me via assaltada pelo prazer de sua confissão. Excitava-me que corrompesse a mulher com a verdade, e confessasse que ainda a suportava pelos filhos e pelas vezes em que tomaram sorvete juntos na praça, e pago com as moedas do seu capricho e da sua tenacidade.

A mulher sempre o recriminou por gastar dinheiro com bobagens. Ele defendia-se, que outra ilusão lhes restava? Ela recusou-lhe a mão, ele pedia que fizessem as pazes, afinal haviam fabricado, mais que a memória do sorvete e do pão diário, os três filhos. Ali estavam eles provando o quanto seus corpos agitaram-se na cama, embora sufocassem os gemidos do amor áspero e condenado pelos vagões da Leopoldina.

Eu quis gritar, não me fale mais desta mulher. Ele voltava à família, ao sorvete, sua vocação de artista. Aos domingos, estou sempre na geral, sou um geraldino. Insinuava-se escravo dos apetites, capaz de perder-se na carne e na paixão futebolística. Não queria transferir-me de modo grosseiro a carga de um amor impossível. Mas, por que impossível, se a partir daquela tarde não haveria um só dia sem a sua sombra, sem a memória do ontem, tudo que me ajudasse a recuperar o tempo perdido. E suas mãos encantadas dariam relevo às protuberâncias do meu corpo do modo como trabalhavam o sorvete com a pá de madeira. E não seria ele capaz de resgatar a beleza de um dorso, o reflexo de um púbis dourado?

Ele pediu desculpas, era tarde, não podia mais ficar. Precisava enfrentar o trem da Leopoldina, ali se congregavam os irmãos menores de uma ordem pobre. Desenhava um mapa cheio de acidentes. Havia cascatas, rios, perigos, talvez para assim eu oferecer-lhe a chave da porta, antes da chave do meu corpo. Voltei do quarto com moedas e notas, tome um táxi desta vez, fique também com esta chave, sempre esteve no chaveiro do pai.

Dei-lhe a mão, amanhã seria meu de novo. Hoje ainda dormiria com a mulher. Sua última viagem pelos trilhos da Leopoldina. Só mesmo a timidez o impedira de confessar que eu era o sorvete a que adicionaria baunilha, amora, todas as volúpias. Seguramente a memória que buscava com a mesma avidez com que se destrói sem querer um vaso de cristal. Nada, porém, impediria que viesse de novo a mim, me tomasse nos braços, me lambesse devagar até o desfalecimento. Ainda que tenha esquecido a chave sobre o aparador da sala e precise apertar a campainha da porta. Eu o ouvirei a qualquer hora. Quase nunca saio.

BIOGRAFIA

Nélida Cuiñas Piñon nasceu no dia 3 de maio de 1937, em Vila Isabel, no Rio de Janeiro, de pais de origem galega: a mãe, Olivia Carmen Cuiñas Piñon, era brasileira mas filha de galegos e o pai, Lino Piñon Muiños, era natural de Borela, município de Cotobade (Galiza). Este pertencimento à Galícia se fortalece quando, aos dez anos, ela se muda com os pais e os avós maternos para Borela, onde ficam por dois anos. No período crucial da infância, e tendo saído de uma vida até então urbana, esta experiência na aldeia galega se torna uma oportunidade de descobertas e encantamentos. A forte presença da natureza, o modo de vida camponês, e, sobretudo, o imaginário galego, iriam se infiltrar, mais tarde, na matéria de sua ficção.

Em 1956, na companhia de sua mãe e de uma tia, passa 4 meses na Europa, ampliando suas referências. No ano seguinte, forma-se em Jornalismo pela PUC do Rio de Janeiro. É neste período que se inicia a sua atividade literária, na condição de colaboradora do jornal universitário *Unidade*. Seus primeiros contos, no entanto, só aparecerão mesmo em 1959, enquanto a sua estreia editorial ocorrerá em 1961, com o romance *Guia-mapa de Gabriel Arcanjo*, considerado uma obra extremamente inovadora.

Enquanto escreve contos e artigos para a imprensa brasileira, atua como correspondente da revista *Mundo Nuevo*, editada em Paris. Em 1965, entra em outro estágio. Tendo recebido a bolsa de estudos Leader Grant, do governo norte-americano, passa três meses nos EUA, realizando conferências sobre literatura brasileira. Desde então, Nélida se torna uma viajante das Letras, com uma presença internacional muito forte. O seu primeiro livro de contos (*Tempo das frutas*) surge em 1966, ano em que ela exerce a função de editora-assistente da revista *Cadernos Brasileiros* (Rio de Janeiro). Colabora ainda com diversos jornais.

Um dos marcos editoriais de sua carreira talvez seja a publicação do romance *Fundador*, em 1969, que consolida seu nome como ficcionista. Este livro irá receber, no ano seguinte, o Prêmio Walmap. A partir deste ponto, suas atividades de escritora se tornam contínuas, levando-a a uma grande atuação cultural no país e no exterior. Suas obras começam a ser traduzidas sistematicamente e Nélida recebe importantes prêmios, como o Mário de Andrade (da APCA – Associação Paulista de Críticos de Arte) por *A casa da paixão*, em 1973, o Prêmio Ficção do Pen Clube – melhor livro do ano, e o Prêmio APCA (Associação Paulista de Críticos de Arte) por *A república dos sonhos*, em 1985, e o Prêmio José Geraldo Vieira – da União Brasileira de Escritores de São Paulo – como melhor romance do ano em 1987 por *A doce canção de Caetana*.

Depois de muitas viagens ao exterior, representando a literatura brasileira, se torna, em 1987, escritora visitante na Johns Hopkins University (EUA), e dá curso e palestras nesta e em outras universidades, ampliando as suas participações em encontros em diversos países.

Em 1989, é eleita para a Academia Brasileira de Letras, tomando posse no ano seguinte, com o discurso *Sou Brasileira Recente*. Entre 1991 (ano em que recebe, pelo conjunto de obra, o Prêmio Bienal Nestlé na categoria Romance) e 2003, ocupa a Cátedra Henry King Stanford em Humanidades, na University of Miami, ministrando cursos semestrais de Literatura Comparada.

Esta presença no exterior vem acompanhada de um reconhecimento crescente de sua obra. Em 1995, recebe o Premio de Literatura Latinoamericana y del Caribe Juan Rulfo, outorgado pela primeira vez a uma mulher e a um autor de língua portuguesa. No mesmo ano ocupa a primeira-secretaria da Academia Brasileira de Letras, fazendo-se a primeira mulher, em 98 anos de existência daquela instituição, a integrar a diretoria. Será depois secretária-geral (vice-presidente) e, em 1996, enfim presidente da ABL, tornado-se a primeira mulher na Presidência da Casa de Machado de Assis.

Com uma obra e uma trajetória intelectual consolidada, Nélida passa a ser uma referência internacional. Em 1998, é nomeada Chevalier de l'Ordre des Arts et des Lettres, comenda do governo francês, e Doutor Honoris Causa da Universidade de Santiago de Compostela (Espanha), concedido pela primeira vez a uma mulher em 503 anos. Escritora-visitante na Georgetown University (Washington, EUA) durante um semestre de 1999, e escritora-residente na Universidade de Vanderbilt (Nashville, EUA), em 2000, no ano seguinte é convidada para a Cátedra Julio Cortázar, fundada e patrocinada por Gabriel Garcia Márquez e Carlos Fuentes, da Universidade de Guadalajara (México). Ocupa também, em 2002, a Cátedra Alfonso Reyes, do Instituto Tecnológico de Monterrey (México).

Os prêmios internacionais começam a se suceder. Em 2003, é laureada com o XVII Premio Internacional Menéndez Pelayo. Em 2005, recebe o Prêmio Príncipe de Astúrias – Letras, sendo o primeiro escritor de língua portuguesa a receber esta láurea. Em 2006, o Prêmio Cervantes da Fundação Cervantina de Guanajuato, México. Em 2007, além do título de Doutor Honoris Causa da UNAM, México, e da Medalha de Honor de la Emigración, oferecida pelo Governo Espanhol. Em 2010, recebe o Prêmio Casa de las Americas, pela obra *Aprendiz de Homero* e o VI Prêmio Internacional Terenci Moix de Literatura, Cinematografia e Artes Cênicas, Espanha, na categoria de melhor livro do ano – para a tradução espanhola de *Coração andarilho*. Em 2019, ganha o Prémio Literário Vergílio Ferreira, Portugal, atribuído pela Universidade de Évora (UÉ), pelo conjunto de sua obra literária.

Com a publicação deste último livro, um volume de memórias, em 2009, e com a recente ficção memorialística, *Livro das horas* (2012), ela traça a sua autobiografia intelectual e afetiva. Sobre suas memórias (*Coração andarilho*), quando de seu lançamento, afirmou o escritor e crítico Miguel Sanches Neto: "O valor do livro não vem das revelações, mas da demarcação das coordenadas de uma existência, de um estilo literário, de uma maneira de se colocar perante o outro, tendo como epicentro a família. Nélida reconstrói este núcleo com um coração bondoso, pronunciando cada nome com uma carga de carinho muito grande. A família (biológica ou eleita) é seu ambiente natural, é o espaço no qual ela se reconhece".

Nélida Pinõn abriu novas possibilidades para as escritoras brasileiras e para a literatura nacional como um todo, desbravando espaços internacionais que até então não haviam sido ocupados; e dentre os autores nacionais, é a mais bem premiada em todos os tempos.

BIBLIOGRAFIA

Guia-mapa de Gabriel Arcanjo (romance). Rio de Janeiro: Edições GRD, 1961.

Madeira feita cruz (romance). Rio de Janeiro: Edições GRD, 1963.

Tempo das frutas (contos). Rio de Janeiro: José Álvaro Editor, 1966. Edição revista, Rio de Janeiro: Record, 1998. 2. ed., Rio de Janeiro: Record, 2012.

Fundador (romance). Rio de Janeiro: José Álvaro Editor, 1969. 2. ed., Rio de Janeiro: Labor Editora, 1976. Prêmio Especial Walmap 1969. Edição revista, Rio de Janeiro: Record, 1998.

A casa da paixão (romance). Rio de Janeiro: Editora Sabiá, 1972. 2. ed., Rio de Janeiro: José Olympio, 1973. 3. ed., Rio de Janeiro: Record, 1979. São Paulo: Edição do Círculo do Livro, 1979. 4. ed., Rio de Janeiro: Nova Fronteira, 1982. 5. ed., Rio de Janeiro: Francisco Alves, 1988. Prêmio Mário de Andrade – Melhor ficção de 1973. Edição revista, Rio de Janeiro: Record, 1998.

Sala de armas (contos). Rio de Janeiro: José Olympio Editora, 1973. São Paulo: Edição do Círculo do Livro, 1979. 2. ed., Rio de Janeiro: Nova Fronteira, 1981. 3. ed., Rio de Janeiro: Nova Fronteira, 1989. 4. ed., Rio de Janeiro: Francisco Alves. 5. ed., Coleção Aché dos Imortais da Literatura, s.d. Edição revista, Rio de Janeiro, Record, 1998.

Tebas do meu coração (romance). Rio de Janeiro: José Olympio, 1974. Edição revista, Rio de Janeiro: Record, 1998.

A força do destino (romance). Rio de Janeiro: Editora Record, 1977. 2. ed., Rio de Janeiro: Nova Fronteira, 1980. 3. ed., Rio de Janeiro: Francisco Alves, 1988. Edição revista, Rio de Janeiro: Record, 1998.

O calor das coisas (contos). Rio de Janeiro: Nova Fronteira, 1980. 2. ed., Rio de Janeiro: Francisco Alves, 1989. Edição revista, Rio de Janeiro: Record, 1998.

A república dos sonhos (romance). Rio de Janeiro: Francisco Alves, 1984. 3. ed., Rio de Janeiro: Francisco Alves, 1987. Prêmio da Associação de Críticos de Arte – Melhor Ficção de 1985. Prêmio PEN Clube, 1985. Edição revista, Rio de Janeiro: Record, 1998. Edição comemorativa 30 anos, Rio de Janeiro: Record, 2015.

A doce canção de Caetana (romance). Rio de Janeiro: Editora Guanabara, 1987.

O pão de cada dia (fragmentos). Rio de Janeiro: Nova Fronteira, 1994. 2. ed., Rio de Janeiro: Record, 1998.

A roda do vento (romance infantojuvenil). São Paulo: Ática, 1996. Rio de Janeiro: Galera, 2012.

Até amanhã, outra vez. Rio de Janeiro: Record, 1999.

O cortejo do divino e outros contos escolhidos. Porto Alegre: L&PM, 1999.

O presumível coração da América (discursos). Rio de Janeiro: ABL/ Topbooks, 2002. 2. ed. Rio de Janeiro: Record, 2011.

Vozes do deserto (romance). Rio de Janeiro: Record, 2004. Edição portuguesa, Lisboa: Círculo de Leitores, 2004.

O ritual da arte, ensaio sobre a criação literária (inédito).

La seducción de la memória. México, ensaios inéditos no Brasil, México (2006).

Aprendiz de Homero (ensaios). Rio de Janeiro: Record, 2008.

Coração andarilho (memórias). Rio de Janeiro: Record, 2009.

Livro das horas. Rio de Janeiro: Record, 2012.

A camisa do marido (contos). Rio de Janeiro: Record, 2014.

Filhos da América (ensaios). Rio de Janeiro: Record, 2016.

Uma furtiva lágrima (memórias). Rio de Janeiro: Record, 2019.

Um dia chegarei a Sagres (romance). Rio de Janeiro: Record, 2020.

190

CONHEÇA OUTRAS OBRAS DA COLEÇÃO

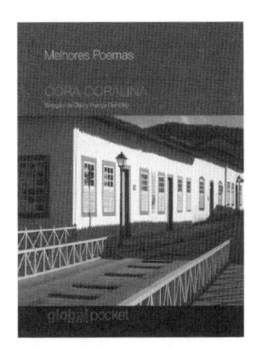

MELHORES POEMAS CORA CORALINA
Seleção e prefácio de Darcy França Denófrio

Essa obra traz a seleção especial dos mais célebres poemas de Cora. Organizado por Darcy França Denófrio, mestre em Teoria Literária, a obra apresenta-se em formato pocket. Simples, muito próxima do gosto do povo, fluindo com naturalidade, a poesia de Cora Coralina encontrou uma imensa receptividade popular. O segredo talvez esteja no fato de que os seus versos dizem o que as pessoas sentem, mas não conseguem expressar, e na grande simpatia pelo semelhante, sobretudo os humilhados e perseguidos.

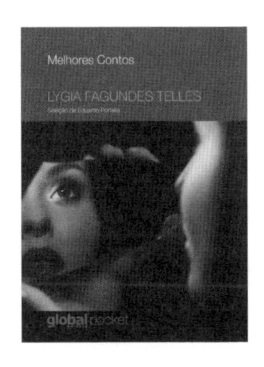

MELHORES CONTOS LYGIA FAGUNDES TELLES
Seleção e prefácio de Eduardo Portella

Um dos nomes mais importantes da literatura brasileira, romancista notável, é no conto que Lygia Fagundes Telles encontra o seu mais autêntico meio de expressão e de renovação. As suas histórias, onde a mulher ocupa quase sempre o primeiro plano, desvendam com mão de mestre o íntimo do ser humano, suas dúvidas e perplexidades.

Impresso por :

gráfica e editora

Tel.:11 2769-9056